一盏清茗品岁月

阿敏 —— 著

中国出版集团有限公司
研究出版社

图书在版编目（CIP）数据

一盏清茗品岁月 / 郭本敏著 . -- 北京：研究出版社 , 2023.2
ISBN 978-7-5199-1427-1

Ⅰ . ①一… Ⅱ . ①郭… Ⅲ . ①散文集－中国－当代 Ⅳ . ① I267

中国版本图书馆 CIP 数据核字 (2023) 第 034009 号

出 品 人：赵卜慧
出版统筹：丁　波
责任编辑：张　琨

一盏清茗品岁月

阿敏　著

研究出版社 出版发行
（100006　北京市东城区灯市口大街 100 号华腾商务楼）
北京中科印刷有限公司　新华书店经销
2023 年 3 月第 1 版　2023 年 3 月第 1 次印刷
开本：880 毫米 ×1230 毫米　1/32　印张：7.75
字数：160 千字
ISBN 978-7-5199-1427-1　定价：46.00 元
电话 010-64217619　64217652（发行部）

版权所有·侵权必究
凡购买本社图书，如有印制质量问题，我社负责调换。

岁月的味道

——读《一盏清茗品岁月》感言

陈光忠

（一）别有一番滋味在心头

我非常惊喜和佩服郭本敏继出版了诗集《杯酒敬岁月》，又推出了散文集《一盏清茗品岁月》。

这些精彩的作品都是他在繁忙的工作和生活中"挤"出来的，是在勤奋的磨石中"炼"出来的，是从爱的心湖中"溢"出来的。

一篇篇散文的纯情表述，是他拥抱事业和生活的激情和对文学苦苦热恋的清晰、真实写照。

如果说，历史的追忆提供了浓重的幕后背景，那么当下现实当是跌宕起伏的前景舞台。人生无法逃脱的生老病死、悲欢离合、冷暖酸甜、挫折奋斗，所有最真实的生命情感，都在这里淋漓展现，而主角就是个体生命在岁月中的个人体验和感悟。

岁月是人类永恒的话题，沉重而深刻，无情而有情。

本敏的诗集和散文集的题目都聚焦在"岁月"，但以杯酒、盏茶"敬"之和"品"之，举重若轻，内涵有诗性、禅意、情怀和现代思考。

我欣赏他清醒地、富有创意地将刚性的话题，以柔性的情感，用随心、随意、随缘的散文形式加以发挥。

写散文的人，是在无情面地解剖自己、欣赏自己的同时，也欣赏别人；在梳理和回忆自己的过往，也在审视当下自己的内心。散文与其他文体不同之处，还在于它拥有更加个体化的所见所闻所思的景与物、人与事，是书写心灵的文学体裁。

一盏清茗品岁月，表面看来，本敏是多么轻松潇洒，实质上是长期埋藏在他心底深处对岁月的敬畏、咏叹、回味、珍惜和对灵魂的呼唤。

每个人的命运与岁月伴行。

滚滚红尘，人与人之间有太多出乎意料的缘分、巧合或天意。

我是在新中国诞生前夕的1949年5月从香港来到解放区的河北正定的华北大学，进入中央新闻纪录电影制片厂，时年19岁。1974年，我和庄唯在本敏的家乡河南辉县，拍摄纪录片《辉县人民干得好》，真实反映当地人民艰苦奋斗，改变

"一穷二白"面貌的感人事迹。

"小县城上了大银幕",轰动全国。

此时,12岁的少年本敏切身感受到纪录片家喻户晓的影响力。

1986年,24岁的本敏在北京大学毕业后,进入了由毛主席亲笔题写厂名的"中央新闻纪录电影制片厂"的大门。我和他共同成为被誉为"人民电影先锋队"的普通一兵。

我和本敏不仅是"同桌的你",更是一个战壕的战友。

我和他相遇、相知和成长在新影,情谊的浓厚和延续是在共同挚爱的事业里。

我和他成了忘年之交。

我"论资排辈"比本敏多了几度"经风雨,见世面"的不堪回首,有在不能忘却的岁月人生里的苦涩体验。本敏赶上了改革开放的年代,告别了像烙大饼一样穷折腾的岁月。

人生苦短,光阴似箭,箭箭留痕。

眨眼间,在我心目中的儒雅帅哥本敏也步入了退休行列。已届耄耋之年的我,品读本敏的散文,抚今追昔,真是别有一番滋味在心头。

顿时想起托尔斯泰的话:"一个人,只有他每次蘸墨水,都在墨水瓶底留下自己的血肉时,才应该写作。"

本敏的散文集是留下他"自己的血肉"的艺术跋涉的脚印和心路历程。

（二）不凡的凡人的生活意义

在众生喧哗的多媒体时代，在浩如烟海的散文家族中，他的作品是有独特的个性和独创的特色的。

在物欲横流、娱乐至死、人心浮躁、沉渣泛起的"江湖"，《一盏清茗品岁月》是一股叮咚的清泉。

当秋风萧瑟，一地落叶，有人看到的是"零落成泥碾作尘"，满目悲凉，无言无望，有人看到的却是"化作春泥更护花"的艳丽和勃勃生机。换个角度看，就是不一样的风景。

本敏面对现实的人生和和无情的岁月，没有沉溺在"发思古之幽情"的回放，没有定格在"当年勇"的怀旧层面，没有沉浸在对往日蹉跎岁月怨艾和芳华消逝的长叹。

个人角度的书写往往最贴近内心的真实，最能真诚地抒发满腔的家国情怀。

写作的出发点、着眼点和着力点，是对当代、当今、当下的现实生活的发现与开掘。

他始终把心灵的焦点对准普通人的活着与活好的真实状态和精神状态。

日常油盐酱醋茶的生活和我们平凡的劳动状态，往往最能敏感而真实地反映人生的酸甜苦辣、社会的晴雨和时代的脉动。

朝前看，阳光、亲切、励志，是《一盏清茗品岁月》的总体情愫与基调。

本敏写下他熟悉的事物，写下他难忘的故事。

有感而发的真情、真人、真事、真话。作品是通体的透亮与纯情。

求真与求美的双翼齐飞，既有水滴穿石的坚持，又有水无常形的灵动。

本敏对我说，他对文学不离不弃的践行，在于感受到文化的力量。他把写作当成生活方式，享受其中的甘苦；写作的过程是净化灵魂的过程。

《一盏清茗品岁月》的写作冲动就是如此纯粹和朴实。

他没有成名成家的奢望，只求"莫让年华付水流"地发出感动自己、感激生活、感恩时代的真实的心声。

（三）不必随波逐流

《过年论新衣》《生命的乐章》《岁月如江河》《我的未名情结》《平凡之光》《情人节与父母的爱情》……

仅从散文的丰富内容和涉及的话题，就能看出本敏的追求和梦想是什么。

他始终是关注岁月中普通人的生存与发展的生命状态，关心真情实感。

要通人心，连人气，接地气。

要有泥土味、生活味、人情味和烟火味。

没有迎合、跟风、追流量，没有哗众取宠的攀比，与"高大上"分手，与"面子工程"绝缘。

拒绝装腔作势、无病呻吟、矫揉造作。

拒绝对历史与现实的粉饰与整容。

拒绝故作高深的知古、明今、晓未来的博引旁证地摆架子。

一句话，就是不装蒜。

（四）平实真情的文字最有亲和力和感染力

散文是有温度的文字，像一个灵魂熨贴另一个灵魂的印记。

本敏平易近人的语言，读来温润留香。

没有华丽的辞藻，没有晦涩的朦胧，没有刻意的雕琢，像和亲朋好友一道把酒言欢、饮茶聊天的亲近与舒坦。

还有言犹未尽的意蕴，为我们腾出了品味和思考的空间。

可读性绝非是张扬的高调或高雅的文采，而是走进大众内心的平静。平实的话题源于有泥土味，有生活味的万家灯火。本敏的散文是在这方面下了苦功夫的。

远离阳春白雪，去做下里巴人。

求真、求实、求美、求新、求深的文字是最有感染力的。

平实而非平庸，通俗而非恶俗，单纯而非单调，是《一盏清茗品岁月》的亮点。

（五）散文里的蒙太奇

作品与众不同的鲜明特色是它的画面感、节奏感、呼吸感和互动感的冲击力。

如《生命的乐章》，是从石板路缝隙中的一棵顽强生长的小草切入，从自然形态跳跃到社会形态，一个个不屈于厄运窒息的生命之花怒放的榜样力量，挺立在我的眼前。山区教师张桂梅说："只要有一口气，我还要站在讲台上。"……

寓意深刻，催人泪下。

如《岁月如江河》，是从孔子对岁月流逝的感叹，到毛主席"只争朝夕"的言行实践，乃至本敏童年记忆中在村口期待父亲的身影，思念母亲手中的蒲扇……跳接到迎接国庆七十年、建党百年。

以事实为基础的古今交织的时空切换与联想，人物故事的穿越与递进，流畅感人。

情景交融，振奋人心。

艺术上与思想的巧妙、无缝链接。得益于长期"用生命记录生命"的纪录片的锻炼，本敏的散文自然而然地植入了蒙太奇的形象思维。

（六）不满是向上的车轮

见字如面，文如其人。

谦卑的孤奋者是耐得住寂寞的。

谦卑的本身自带闪闪发光的思想锋芒和独立人格，谦卑者自有韧性的力量。

本敏这位业余作者苦苦耕耘的成果，不仅是不简单，实在是了不起。

毫无疑问，散文集尚存艺术遗憾的瑕疵，难以避免。成熟的艺术家是会欣然接受各种评说。

鲁迅说得好："不满是向上的车轮。"

我深信本敏是一个不满现状的纪录片人，是一个不满既有成就的艺术家。

本敏告诉我，他会继续写下去。

我已经得到本敏"不满"的最满意的答案了。

可喜可贺，鼓掌加油。

老弟，你大胆地往前走啊！

……

2022 年 11 月 30 日

香港涛声阵阵

唯愿珍惜所拥有的

你珍惜它

把它捧在手上

总是小心翼翼地呵护

生怕一不小心

它就碎了

可不经意间

它还是损毁了

就是因为你

偶尔打了一个盹儿

它的美是心血凝成的

是一点一点的智慧

和一点一点的功夫

揉捏在一起的精致

现在却成了一地碎片

空把懊悔和倩影

留在你的心里

为什么美好

总是那么脆弱和不堪一击

就像靓丽的容颜

注定会慢慢长出皱纹

坚固和美丽

脆弱和苍老

天然成为一体的两面

留得住的是梦想成真

留不住的是一地鸡毛

一切都是造化

所有皆为定数

凡发生的

都是最好的安排

想开些

就能安慰自己

获得释然

除了生命的存灭

除了健康快乐

还有什么

值得耿耿于怀

把美好的生活

拧成乱麻

我们拥有的

少部分幸运地成了文物

大部分无情地化为云烟

珍惜身边的一切美好

共情与理解

悦纳与包容

用一颗呵护美好的心

换来喜乐静好

长驻人间

目录

一盏清茗品岁月

【上篇】人间烟火气

1. 过年说新衣……03
2. 过年"煮肉"记……06
3. 过年的"烟花记忆"……09
4. "破五"忆事……12
5. 别样元宵节……15
6. 话说"三宝"……20
7. "龙抬头"散记……24
8. 逛菜市场的乐趣……29
9. 旅行的新滋味：忐忑……34
10. 雪花·花草……39
11. 也说"自己动手"……43
12. 情人节与"父母的爱情"……47
13. 人间"美味"……51
14. 一句老话引起的遐想……54
15. 梦中杂忆……59

【中篇】

悠然品茗时

16. 突破人生的"两道藩篱"……67

17. 心"羡"李白……71

18. 都是英雄汉子……76

19. 她，了不起……81

20. 一个"电影术语"引发的联想……87

21. 劳动最值得尊敬……93

22. "身""心"是最大的财富……97

23. "师"之于心……102

24. 我的"忘年交"朋友……107

25. 我和我的同事……115

26. "虚""实"之间……122

27. 一个值得敬重怀念的人……126

28. 胸中要有根"小竹竿"……134

29. 一个"热"字引发的联想……137

30. 遇事要讲"三要素"……141

31. 人活着的"境界"……145

[下篇] 岁月如江河

32. 人生如同四季……153

33. 风雪夜归……157

34. 青春之选……162

35. 定格的"青春"（上）……166

36. 定格的"青春"（下）……173

37. 生命乐章……179

38. 一年长一岁……183

39. 路，向远方……187

40. 未名湖情缘……192

41. 重阳黄花香……199

42. 平凡之光……203

43. 生命走廊里的身影……208

44. 岁月如江河……214

45. 有新冠疫情的晚秋……223

后记……226

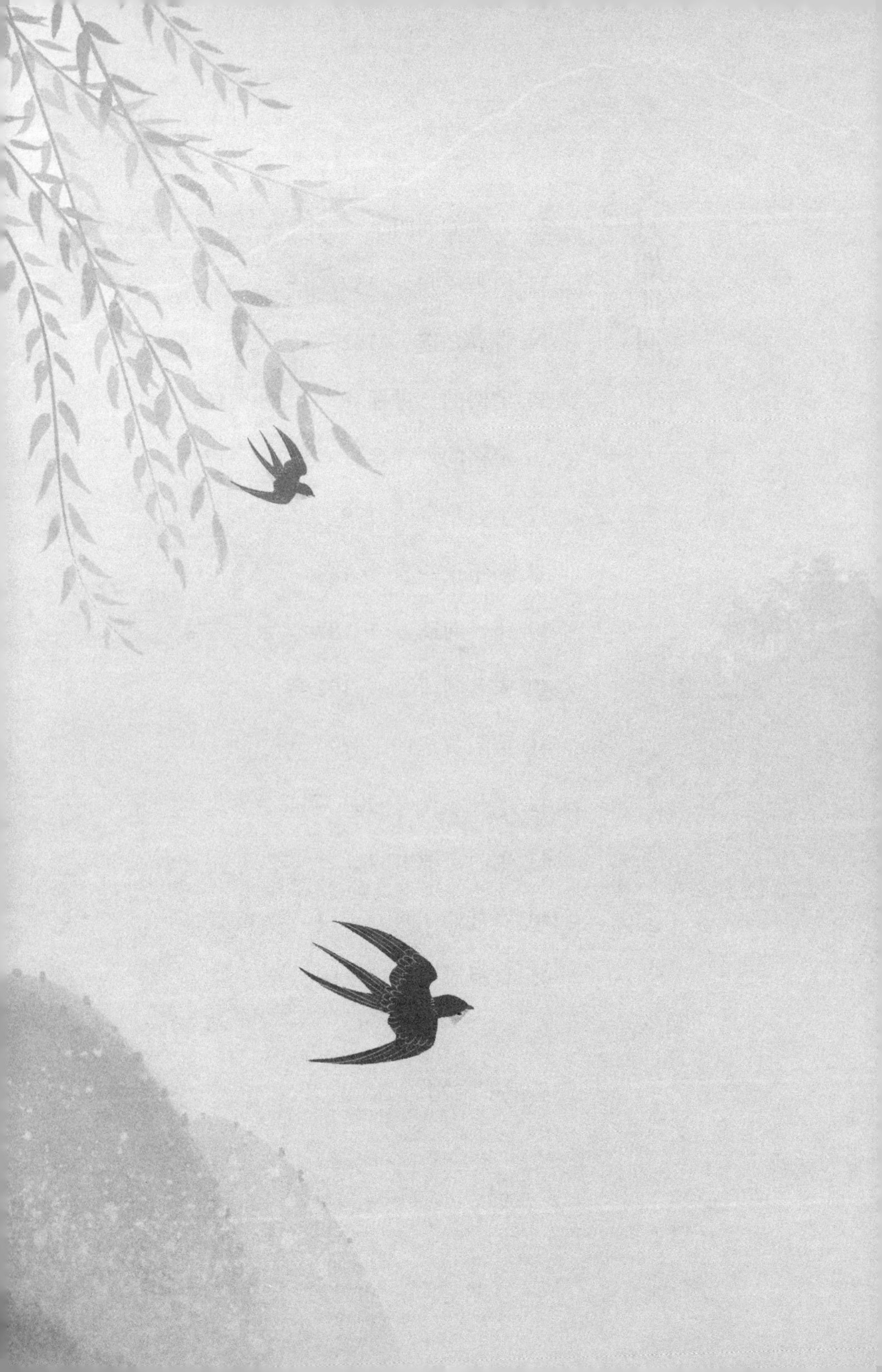

一盏清茗品岁月

【上篇】

人间烟火气

过年说新衣

随着年岁的增加，过年越来越存在记忆的两端，一端是当下，一端是过往。

先从新年穿衣说起吧，长大后的我们并不专门在新年为自己置办衣服。过年了，挑几件平时满意的，显得整洁得体即可。当下很少有人会为你在新年的穿着品头论足。人们抱怨年味越来越淡，新衣失去过年的标志，也是重要的缘由之一。

把时光反转到物资贫乏的过往，那时自己还是稚气顽皮的少年，春节穿衣是过春节的重要内容，于是显得分外隆重。大年初一，放过鞭炮，吃完饺子，就跟着大人，到宗亲和近邻长辈家拜年，互相一照面，第一互相比的就是身上的新衣。这些长辈也乐呵呵的，对孩子的穿着会点评几句，得到夸奖的别提多高兴了。

穿新衣，迎新年。我们家五个孩子，为孩子们做新衣是一件大工程。离过年还有一两个月的时候，妈妈就开始盘算过年时家里人该穿的衣服、鞋帽，往商店里去的频率就明显多了起来,哥哥和我,男孩子的衣服颜色可选的不多,外衣以蓝、黑、绿为主,但颜色最好有区别。内穿的棉袄、棉裤,不讲究颜色,考虑的是保暖。而姐姐和两个妹妹的衣服,主要选花色图案,合意的不常能碰到,隔三岔五去店里碰碰运气,成为母亲的一大乐事。

做衣服先是母亲一个人的事,姐姐长大,母亲有了帮手。那时买不起成衣,主要以在家里缝制为主,以村子里开的小店缝制为辅。做衣前,妈妈会说她的想法,每个人穿什么衣服,在和我们商量中,已基本有了方案。

母亲、父亲会带着我们一起去选布料,征求孩子的意见不能省略。买来之后,母亲和姐姐就开始忙活起来,裁剪、缝制,一针一线。套用著名的诗句,来形容下母亲做衣的心情吧:慈母手中线,子女身上衣,临春密密缝,意恐不尽意。在孩子们的期盼和关注中,在昏暗的灯光下,一件件衣服,在母亲和姐姐的手里渐渐成形,这份喜悦看在眼里,喜在眉梢,藏在心里。

和小伙伴们聊天,春节的新衣是热闹的话题。有心眼的,绝不会一股脑把话说尽,透露点儿进展,保留点儿秘密,为的是大年初一,穿上新衣有个崭新的亮相。

试穿、修改,一件件衣服,次第做好。妹妹爱美,有次试穿后竟不愿意脱下,要多穿一会儿,让家里人都看看。母亲说脱下来吧,免得不小心弄脏了,过年时少了喜兴劲儿。

在妈妈的帮助下,妹妹把衣服叠放整齐,放入柜子里。由于有樟脑球,衣服会染上一丝香气,那股味道,就是新年新衣特有的香。

年要来了,母亲的活紧赶慢赶,总算在年前的十几天收尾。静静等待,数着,盼着,想象着新春里和男男女女都穿着新衣的样子。这企盼,甜甜的,过年准备新衣的过程,就是一份幸福渐渐叠加的过程。

当下的人,很少提过年的新衣了。平时穿的衣服,都比过去的人们过年时要漂亮时髦不知多少倍。走在街上,走在办公楼里,走在公园,看到的衣服都是一道道美丽的风景线,过年穿新衣的喜悦,不属于当代人了。

过年"煮肉"记

过年是大节,包含的话题自然丰富,说了过年穿"衣",自然该说说"吃"的话题。在困难的年代,过年最好吃的应该是肉了,能天天吃上肉,这是平常缺少油水的孩子们梦里都盼望的事情,啥时候才过年,才能美美地吃上肉呢。中间隔着春夏秋冬,年的步伐好慢啊。

终于进入腊月,孩童的我和同龄伙伴一样,企盼着年的步伐变得快起来。腊月二十之后,我们家几个孩子就会催着父母去买肉。

离家不远的地方,有个供销社的屠宰场,每逢年关,这里就成了最热闹的地方。

猪一头头被推拉捆绑着宰杀。收拾干净的猪,倒挂起来,刨开肚腹,取出内脏,两扇从中间被拉开的猪肉呈现在人们的面前。

排队的人们一阵骚动,纷纷指点着,想要猪身上的某个部位。"排队,排队,要不不卖了!"卖肉师傅神气地吆喝着,乱成一团的买肉者，渐渐恢复秩序。按顺序买到合适肉的人面露喜色，买到不称心部位的人则略显失落。

父亲是方圆德高望重的老师，卖肉的师傅离我们家不远，算是街坊，对父亲格外客气。

肉是定量供应的。有些邻居家里穷，买不起定量的肉，就把富余的肉票卖给父亲，这样除了我们家的定量，还能多买一些肉回来。

乡亲们那时很喜欢猪身中间的肉，有肥有骨有肉，特别是肥肉上带的脂肪可以用来炼油，供平时炒菜用。我父亲倒喜欢买猪后腿，一下子买二三十斤，可以满足过年用肉的种种需要。

肉买回来后，母亲做的午饭有了荤腥，立刻香了起来，孩子们狼吞虎咽，吃得格外香。

到了晚上，肉被收拾分割好，留下做肉馅的、做小酥肉和肉丸子的，其他的肉块和骨头要全部煮熟，便于保存食用。对孩子们来说，这是真真过节的开始，姐姐往锅里添水、哥哥拉风箱，我在炉边添柴。一家人一起忙活着，显得分外热闹。

火渐渐旺了起来，随着时间一点点儿过去，锅里的水沸腾起来，慢慢地浮起一些泡沫，父亲用勺子把这些泡沫仔细地清理掉，放进切好的葱、姜、蒜，还有大料、花椒、桂皮。等煮到肉半熟，才开始放盐巴。父亲说，盐放早了会影响肉的质量。

香味愈来愈浓了，馋得我们几个孩子直想流口水，妈妈说，耐心等，肉越煮越熟，越熟就越香。小妹妹年龄小，瞌睡重，等着等着，竟在母亲的怀里睡着了。

终于，父亲用筷子轻松地扎进了肉块里，肉颤颤的，是熟透了的征候。

一块块的肉从锅里捞出来，父亲等肉稍微放凉些，就开始把骨头分离出来，分给我们吃。

小妹已从梦里醒来，因为小，总是第一个被照顾的对象。"香吗？"母亲看着我们极其享受的吃相，明知故问。我们几个则忙不迭地回答，"太香了"。

等我们美美地吃完骨头上的肉，母亲催促我们上床休息。我不愿意去睡觉，我要看父亲为肉上色。锅里放油，烧热，放入大把的白糖，翻搅着，糖随着油温的升高，变成了深褐色。

父亲把肉块皮朝下，依次放入锅里，慢慢地肉皮就由白变成了好看的褐红色。

父亲说，这叫给肉上糖色，上了糖色的肉，才是地道的年肉，既好看，又好吃。

多少年过去了，像这样一家人为年肉忙碌的情景始终定格在记忆深处。

长大了，进了京城，生活的条件越来越好。吃肉无论在城市还是乡村都不再是问题。

快过年了，给哥哥打电话，忙啥呢哥？哥说，今晚煮年肉。

过年的"烟花记忆"

小时候,过年最重要的年货就是过年时燃放的烟花爆竹。

爆竹声中一岁除,春风送暖入屠苏。放烟花爆竹的历史,飘荡在唐诗宋词的韵律里,也回荡在儿时浓浓的年味中。

年三十就开始放鞭炮了。午饭和晚饭前,作为总厨的父亲一声吩咐,可以放鞭炮了,我和哥哥就马上取出早已分放好的鞭炮。鞭炮在老家也叫火鞭,把一定数目的炮仗编在一起,炮仗的规格有大有小,大的装药量多,响声大、威武,但危险性也大,点着以后放鞭炮的人会有被纷飞的爆竹碎屑炸伤的危险,特别是眼睛容易受伤。有经验的燃放者会扭过身去,保护自己的眼睛。怕声的,还会提前把一只耳朵塞上棉花,以减少对耳膜的刺激,另一只耳朵不塞,为的是听鞭炮燃放时的原声,都塞住,声音闷闷的,少了过年放鞭炮的刺激。

这两次放鞭炮只是序幕,一般放个500响或200响的,既实惠,也和初一早上时的燃放有所区别。鞭炮声告诉先人、街坊,年开始了,家里开始吃年夜饭了。

年三十的夜晚，也就是除夕夜，迎新年的氛围最浓。母亲会吩咐姐姐烧很多热水，每个人都净身洗脚。早已做好的新衣服、新袜子、新帽子、新围巾，依次发到每个人手中。明天就可以穿新衣了，每个孩子的喜悦都挂在了脸上。

母亲说，除夕夜要守岁，守的时间越长，寿命就越长。

为了让守夜变得有滋有味，父亲特别安排一些活计让大家共同来做。洗净身后，先是祭祖，摆上红蜡烛，摆上蒸好的花馍，燃上三炷香，给祖上先辈磕头，祈福祖上福荫的庇护。接着炒花生、瓜子，把已备好的细石子炒热，然后放入花生、瓜子，细石子和花生、瓜子翻滚在一起，花生、瓜子的外壳均匀地受热，这样炒，不会让花生、瓜子炒糊。

姐姐、小妹忙于炒花生、瓜子，我和哥哥则把明早要放的烟花爆竹拿出来检查一下，看是否有受潮的迹象。那时候雪下得特别多，冬天里会有好几场雪，一冬天都是湿冷湿冷的，稍不小心，鞭炮和烟花就会受潮。有邻居家的鞭炮有潮气，放在煤火台烘烤，不小心竟燃着了，噼噼啪啪，一阵喧嚣。哥哥去打探，才知事情原委。

要放烟花了，我招呼着家里人都出来一起看，手持式的烟花点着后一个个火球在天空炸开，形成五彩的图案。

中午断续飘来的雪越发大了，母亲说，瑞雪兆丰年，这雪有灵性，下的是好年景。

放完烟花，我和哥哥都想早起后燃放自己家的长鞭炮。

哥说你怎么放，我说用竹竿挑着或是挂在晾衣架上，哥说那怎么行，太死板了，他说要满院子转着放。用手拿着，点着后，围着院子里转，走那儿响那儿，驱邪迎新。这任务我不可能承担，放鞭炮的任务理所当然被哥抢去。哥安慰我说，弟你来点火燃引线，这个任务光荣，要胆大心细。

看到鞭炮的引线不长，哥怕炸着我，特意解开引线，去掉七八个爆竹，用它们的引线把整个鞭炮的引线接长。哥的细心，减轻了我心中不能亲自燃放的遗憾。

男孩子在初一早上要去邻居家抢拾爆竹，必须抢在五点前就起床，那时天还很暗，睡觉前还要检查好手电筒，以备照明用。

夜深人静，远处已传来断续的鞭炮声，那是有人家在抢头挂鞭炮了。父亲说，好了，守夜任务都完成得很好，可以睡觉了。

我和哥哥一整夜都没怎么合眼，在鞭炮声渐渐密集时，我俩匆匆穿上新衣，拿上手电筒，追逐着燃放鞭炮的声音，以百米冲刺的速度奔忙在不同的邻居家里，在地上捡拾着掉落下来未能爆开的爆竹。主人家都极其友好，奔跑着的孩子们带来的是吉祥、喜气，还有过年特有的那份热闹。

年初一一整天，我和一群同龄的孩子们，衣兜裤兜塞得鼓鼓的，都是有引线或没引线的爆竹，手中一炷香燃着，随手一扬，空中就是一个炸响，那份喜悦和潇洒属于记忆中的童年。

"破五"忆事

大年初五，也称"破五"，汉字"破"，总有那么不好的意味，破坏、破损、爆破、突破、破事、破东西。过年第五天，为什么不能用一个好点儿的词来命名这一天呢？

懵懵懂懂的孩童，说不出个子丑寅卯。扳着指头迎来的新年，没几天，就到了"破五"。"破五"早上要吃饺子，是北方约定俗成的规矩，这顿饺子和年三十晚上、初一早上的饺子比味道不同，甚至打心眼里不愿吃这顿饺子。你想啊，年三十晚上吃饺子，饺子不仅仅是饺子，味道里还有新年到来的企盼，年初一的饺子，也不仅仅是饺子，味道里带着的是新年的喜兴劲儿。可不，红通通的对联、红通通的灯笼、"福"字满街、可物件地贴着。"粮食满仓""开门见喜""牲畜兴旺"眼睛所见，哪里都是寓意幸福、祈求吉祥。

母亲还吩咐过，过年时，除了专门给亲戚长辈拜年问安，碰到街坊邻居，也要真心打招呼、问好。还有，母亲特意叮咛，过年间说话要有礼貌，过年图的是吉祥，不许说寓意不好的话，用不好的字。

为什么要用"破"来说初五？看着急赤白脸的我，母亲说，别着急，这个"破"是对着"穷"说的。"破"破的是穷气、晦气，过年放爆竹，今早上的爆竹就是要送走"穷"。买年货时特意给你买的二踢脚，就是让你今天放的，地上一响，天上一响，穷气、晦气就被送走了。旁边的父亲这时也来搭腔，说一个人重要的是要学好，不学好，"穷"就会住在你的身上，就会受穷。在送穷的这一天，要好好查查身上有哪些致穷的毛病，比如，好吃懒做、不爱学习、不上进、偷奸耍滑，等等。有了就得改，否则就受穷。一边说，一边往旁边的桌腿上搕着刚刚抽完的旱烟锅。

母亲还告诉我"破五"的习俗。这天要把家里打扫得干干净净，所有角落都扫到。她说，老人们还有一个说法，把家里的炉灰清扫干净，端一铁锹到路口倒掉，也表示送"穷"。

端一铁锹炉灰到路口？显得怪怪的。我说，还是放鞭炮和二踢脚吧，简单。

折身进屋，取出买好的两个鞭炮和二踢脚。初五的鞭炮短，这个任务归我。用一根木棍儿挑着，噼噼啪啪，清脆的炮声里，腾起好闻的硫黄味。二踢脚放稳，点火，抽身。"啪"响在地上，接着仰脸望去，又是一声炸响，"啪"！

哥哥、两个妹妹已在母亲的指挥下，忙着洒水、清扫庭院。母亲和大姐开始准备全家要吃的饺子。

外面传来密集急促的鞭炮声,那是街坊邻居也在送"穷"。

母亲说,一年之计在于春。过完年,就该干活了。春节期间,不让动的剪刀、针线等都可以动了。

我的一位好友夫妇,老家在邯郸,离我老家不算远。

她说,当时她听妈妈说,破五放爆竹,就是要崩走"穷","崩"比"送"更有力量。在她老家,初五的鞭炮声极为热烈,不逊于大年初一。而她在鞭炮声里想着的是更漂亮的新书包和新文具盒。

别样元宵节

正月十五，回京第三天。按防疫政策规定，72小时内必须做一次核酸检测，否则健康码会弹窗提示。

没经过弹窗提示的人可能不知道它的厉害。

一位朋友告诉我，春节前两天，本来买好回家过年的机票，突然发现，健康码出现弹窗提示。

老家是回不成了，只好办理了退票。北京的家也不能回去，既然弹窗，就有潜在感染的风险，传给家人岂不是要受埋怨？

在办公室的一晚上，他心情忐忑。

左思右想，仔细梳理，找不出健康码弹窗理由，办事路过丰台？时间约半小时，可能是中招的由头。

经过两次核酸检测，经居委会报备。健康码才恢复正常。

一位同事说，春节期间他也虚惊一场。健康码弹窗提示后，接电话通知，两次被车拉到指定地点做了核酸检测。

北京的检测点很多，查询也方便。一张表密密麻麻，列满了可以检测的医院和专业检测点。

离我家最近的一家小医院，原是一个政府部门的附属医院，正规、干净、科室齐全，医生的力量也不错，平时有个头疼脑热，是我首选的就诊之处。核酸检测，也去这家心仪的医院吧。

车到门口，看到平时出入的一侧改成了检测点入口。这时已近十一点，还有二十多人的样子，扭成几个弯排队前行。

下车，问守门的保安。证实这些人就是做核酸的。

"预约了吗？不预约不能做。"保安说。

"还真没预约，以为现场直接排就可以。"

"不行，约了再来。"

抬眼望，墙上有一张 A4 纸，上写：检测号满。

不远的北京西站有个检测点，二十四小时检测。我比较熟悉。

节前离京，须做的两次核酸检测没敢选这儿，它的辖区归丰台，彼时因新冠疫情频发，风声鹤唳。

此时，北京全域低风险。北京西站当然做了替补。

来到检测点，看到有二三十人在等待检测。服务人员有十来个，回答人们咨询，指导人们扫码、填写个人信息。态度热情、效率极高。

车站流动人口多，人来人往，检测的也多。

许久前我曾在此做过三次核酸检测，都是一个采样口，如今变成了四个。

之前，采样前还要出示身份证，现在只要在手机上填写身份证号、手机号和其他必需信息即可。

之前，事急，检测可以申请加急，两小时出结果，价格好像是288元。

那天检测是为第二天上午十点一个会议需要。

我到这儿的检测点时已近中午，本来想保险些，做个加急，看看和常规检测差价太多，心里不爽，就做了常规。

晚八点多结果就显示在手机上了，省了钱还没误事。

这次采样约上午十一点，下午三点多就接到出结果的短信，检测结果显示的时间是下午二点多。效率真的极高。

新冠疫情期间，经常有朋友发问候短信，表情包就是一匹绿颜色的马，昂首嘶鸣，威风凛凛。

今天俺也是绿码，立刻放下心头忐忑。

绿码就是清白、安全，是彼此信任的前提。

放心、踏实走进超市，在元宵柜台前，第一眼看见黑芝麻馅的，立刻放进购物车。

在琳琅满目的菜品中，还选了卤猪蹄、酸辣凤爪、半成品生蚝、半成品粉丝扇贝，青菜。

准备过个省力而又丰盛的节。

举杯相庆。

电视里元宵节热闹非凡，好几个地方在打铁花，沸腾的铁水摔向城墙，激起飞溅的火红明亮的铁花，围观的人拍照、录影、喝彩。

打铁花的人裹得严严实实，分外卖力，铁花飞舞，形成一片铁的花海。

舞狮子的、跑旱船的、踩高跷的、舞龙的，也有打铁龙的。吹着唢呐、敲着锣鼓。在屏幕里尽情欢庆。

想起小时候，我拉着两个小妹妹，跟着游行狂欢的队伍跑。

队伍望不到头，上面提到的欢庆热闹的各行当都有，最神气的还有放铁炮的，炮手点后，举得老高，声音简直要把人耳膜炸裂。

妹妹胆小，我们一起捂起耳朵，我拉着两个妹妹，生怕在人群中走散。

如今，要看着电视和儿子喝完一瓶酒精度16度的红酒。

儿说，你上当了吧，哪有16度的红酒。满脸不屑。

等喝完，他说，别说，16度，还不错。

接着煮元宵，我问，你吃几个？

他说，六个。

太多了吧？每人四个吧。一包里16个，可以煮两次。

元宵还是黑芝麻馅的好吃。那种滋味，你吃过，就会和我有同样的感受。绝不能狼吞虎咽，慢品，黑芝麻的香、糯米的糯，才能唤醒你的味蕾。

四个正好。不腻。

月圆圆的，高悬在清朗的夜空。

年在今夜正式画成了一个圆，如同这温暖明朗的月。

过年，半个月，过日子，365。

俗话说，一年之计在于春。

新的一年，又要正式开始过日子了。

话说"三宝"

年过完了,接下来过的是日子。

过日子就是过的"柴米油盐"。日复一日,不免平淡。

不管你是谁,不要忘了,手中的一份营生,是淘得"柴米油盐"的资本。

手巧、心灵、勤快。可谓生活中的"三宝",可以让日常的"柴米油盐"活色生香起来。

朋友返京,送给我从老家带来的两块腊肉。

电话打给远方的三姐,讨教做法,对方无人接听。

一边吃饭,一边看着电视里的冬奥会角逐。

三姐回电了。她说刚才是忙着做饭,电话不在身边。

我问三姐,如何让这两块腊肉变成可吃的美味?

三姐问,从哪个地方来的肉?

我说,湖南。

三姐说,湖南的腊肉好像挺咸的,你先用温水洗去表面的脏东西,然后用淡盐水泡一晚上,去掉些盐分。明早,再清洗清洗。放水煮半个小时,用筷子能扎透肉皮就可以了。

如果炒着吃,做法和回锅肉相近,用辣椒、蒜薹、洋葱做配菜。当然,也可直接切薄片食用。

生活需要一双"巧手",一颗热爱生活的"心",还要加上"勤快"。

三姐两口子身上就具备这"三宝"。

有一年,在清水湾过年,三姐夫说,早餐可以做醪醋吃,还专门带了发酵用的一颗颗白色的类似小汤圆模样的东西。他说,他可以教我做醪糟。

我是北方人,小时候,吃过妈妈做的醪醋,原料是从小商店买的。

成家后,媳妇有时高兴,为换换口味,也在超市里买瓶装的醪醋。

三姐夫肯教我,我们俩人都十分高兴。

第一步,上市场买糯米,他领着我转了两三家店,挑选了自己中意的糯米品种。

接着蒸糯米。回到家,洗米、铺上干净的笼布、把米铺摊均匀、上锅蒸。

等米咬起来,外壳已软,米芯还未完全变软,这时火候最佳。

关火,等它自然冷却。

第三步发酵。用温水稀释好的发酵水,把蒸好的糯米搅拌均匀,再将发酵用的白色小丸子碾碎,将搅拌好的糯米,每隔几厘米捅个小窝,放入少许发酵粉末。

用盖子盖好,两天左右,时常观察,待糯米有汁水流出,即大功告成。如果温度不够,可以适当用棉物覆盖保温。用手摸摸容器,有温热的感觉,说明发酵正常进行中。

三姐夫特别强调,制作过程中,不得沾油,容器要干净。做好的醪醋可以装在干净的玻璃瓶里,放入冰箱,随时享用。

三姐用醪糟做早餐。按人数放入几个荷包蛋,或打成蛋花,点缀性地放入几颗红枸杞,赏心悦目,味道微酸带甜,富有营养。吃的人都夸好。

这可是过去南方孕妇生产后的吃食呢,三姐感慨地说。

北方产妇是熬小米粥,喝鸡蛋红糖水。困难时期,买红糖需要凭红糖票。

三姐夫两口子会做泡菜、腌菜。

上门来玩,有时带一瓶泡姜片。斜切的姜片为主材,辅材有蒜片、红辣椒,配米饭、面条均可。

尤其是冬季,早餐吃几片这样的泡姜片,可以暖胃驱寒。我媳妇特别喜欢,每天坚持吃。三姐夫还常问,泡姜片还有吗?

盖菜,我常买,清炒。清淡去火。

盖菜,三姐夫买,三姐把它晾晒后,切成细碎的菜末,用少许盐淹,称为冲(四声)菜。用肉末炒,味道极好。吃过的人，连声夸赞，说真想不到是用盖菜做的。

三姐夫妇老家是南方的鱼米之乡，面食不是主食，可在北方生活后，三姐夫喜欢上了馒头，开始钻研蒸馒头的技巧。

我这个北方人，发面技术掌握不好，不敢轻易蒸馒头。三姐夫带来的馒头，个大、形好、中间可见发酵特别好时才有的气泡。质感松软、特别好吃。

三姐夫说，他的秘诀是用牛奶和面，放少许白糖。做好馒头坯子，蒸之前，让它们再自然发酵十分钟。

我从心里折服。

三姐夫妇还善于做米粉肉、腊鱼块、剁辣椒、酸豆角等等。一做就是多份，给成家的两个孩子和好友们分享。两口子把日常的生活打理得井井有条，充满趣味。寻常的家常菜，结合上地方特色，在他们两口子那里，日常生活没多花多少钱，但变得丰富、有趣。

妙诀就是一双"巧手"，一颗热爱生活的"心"，一份"勤快"，生活中的"三宝"，让他们的日子过得有滋有味。

我从内心佩服他们，从他们身上学到了许多好的东西。

朋友，你觉得呢？

"龙抬头"散记

今天是农历二月二，龙抬头的日子。

从昨天就开始预报的大风终于来了，窗外的风断断续续发出骇人的呼啸之声，风势之猛，可以想象，伴着大风的还有漫天的沙尘，天空一片灰蒙。

龙抬头，有这样的气势，令人拍案叫绝。

龙是中国人的精神图腾。

中国人对龙充满敬畏。

谁也不会反对称自己是龙的子孙。

当然，这是在文明的当代，时光回溯到有皇帝的年代，那时皇帝独霸龙的威严和尊荣，他们自称真龙天子，登龙庭、坐龙椅、穿龙袍、耍龙威。

若平民百姓胆敢在衣服上绣个龙纹，不是精神出了问题，就是吃了熊心豹子胆。小心被杀头。

今天的大风，吹倒了故宫太和殿的大门，齐刷刷躺平了。

乾坤朗朗，换了人间。

龙才真正成为中国人精神上的共同的图腾符号和文化遗产。

蜿蜒的长江、黄河，雄伟的长城都被中国人自豪地称为巨龙。

虽然龙不是自然界中真实的存在，可它却生生地伴随着中华民族、中华文化数千年。

20世纪90年代中期，我参与了150集电视系列片《中华文明之光》的创作，其中有一集《说龙》，我有幸担任编导。

就是这次拍摄之缘，我有机会见识了一条珍贵、奇特的龙。

这条龙在河南濮阳市。1987年，为解决城市用水，濮阳市在修建一座引黄供水调节池时，发现一处早期仰韶文化遗址，于是上报并开始考古挖掘。结果在墓葬中挖出了用蚌壳摆成的四组龙虎等动物图案，其中就有一条最大的珍贵、神奇的龙。

这个用蚌壳摆成的龙图案长1.78米，高0.67米，昂首、躬身、长尾、前爪扒、后爪蹬，极像条腾飞的龙。

经过碳十四测定，这条蚌壳龙距今六千多年，被考古界誉为"中华第一龙"。濮阳人甭提多自豪了，从此称自己家乡为"龙乡"。

《说文解字》这样说龙："龙，鳞虫之长，能幽能明，能细能巨，能短能长，春分而登天，秋分而潜渊。"

谁也没见过真的龙长啥样。但不妨碍人们渐渐把龙的形象慢慢固定下来。

龙的形象有"九似"，宋人罗愿在训诂的《尔雅翼》里这样描述：它的角似鹿、头似驼、眼似兔、项似蛇、腹似蜃、鳞似鱼、爪似鹰、掌似虎、耳似牛。

中国人给龙赋予了走兽、飞禽、水中动物、爬行动物的优点和长处，于是龙成为无所不能的力量的象征，在几千年的农业社会里，龙被奉为雨神，中华大地之上到处都有供奉龙王的庙宇。

在我的老家，龙还有惩恶扬善的职能。小时候，每逢电闪雷鸣、暴风骤雨之时，母亲就喃喃地说，这阵势，像龙王显灵，不知哪个作恶的要被龙抓走了。数日后，真有某地有人被雷劈的传闻。于是龙的威名在偏僻的乡村也有了震慑恶行的效果。

把人的命运和龙相连，是在易经六十四卦的第一卦乾卦中，乾为天，天行健，君子以自强不息。

初九：潜龙勿用。这时的龙潜于渊，阳之深藏，应忍时待机，积蓄力量，不宜发挥能量。

九二：见龙在田，利见大人。这时的龙，出现在田野上，可以寻求帮助，展露头角。

九三：君子终日乾乾，夕惕若，厉无咎。这时的龙德才已显现，要奋发图强，需日夜警惕，即使身处危境，也可无忧。

九四：或跃在渊，无咎。这时的龙要么一跃而起，要么退于渊中，重点在于把握时机。

九五：飞龙在天，利见大人。这时的龙已飞腾在天，居高临下，可以大展宏图。

上九：亢龙有悔。这时的龙已到极高之处，如知进忘退会后悔的。

龙的六个形态，寓意人生的六个阶段，环环相扣，生生不息。每个阶段都要正确把握，方能施展英雄之才，成就英雄梦想。

龙抬头这天，当然离不开吃的讲究。吃面吃的是龙须，吃饺子吃的是龙耳，吃猪头肉吃的龙肉，无论吃了龙的什么部位，都会吉祥如意，好运相伴。可不，龙这等神秘威武之神物，竟能让你我吃上它身上的一星半点，那还不是大大的彩头？

古时的说法，正月里不剃头，剃头死舅舅。二月二，龙抬头，剃头就是剃龙头，有出人头地之意，这天的理发店生意分外好。以前会讨个吉利，趁这天去理发，闲聊起来，理发师说，一天都顾不上休息，胳膊都麻了。从此，不再凑这个热闹。

昨天窗外的玉兰开了，蓦然发现，一阵惊喜。

今天龙抬头，是政协会议开幕的日子，也是北京冬残奥会开幕的日子，也是龙腾风急的日子。

举头是大家，低头是小家。

飞龙在天，中华正在崛起。

二月二，也是逝去的母亲的生日。小时候，她给每个子女过生日，却总不把自己的生日当回事。长大了，更理解母亲了。

早上煮了点儿龙须面，晚上吃了昨天就买了的猪头肉。生活还是要有点仪式感的。

用一首前人的《咏龙诗》做这篇文章的结尾，"蛟龙潜匿隐沧波，且与虾蟆作混和，等待一朝头角就，撼摇霹雳震山河"。

朋友，愿你志向高远，自强不息，龙抬头！

逛菜市场的乐趣

逛菜市场、超市是一种乐趣，逛得多了，甚至会上瘾。

我就很享受这种感觉。急着赶时间的时候，直奔想好的东西而去，买完就走。不赶时间的话，慢慢逛着，慢慢选择，既是购物，也是一种极为易得的乐趣。

昨天的计划是去买点儿菊花、山楂、玫瑰花，填补日常煮制饮品的空缺，新冠疫情下增强自身抵抗力尤为重要，并附带看看有无春天里的时令菜品。

时间已近晚七点，店里面的顾客还不少。扫码、测温，程序规范。

服务员依然忙碌，礼貌地和经过眼前的客人打招呼，但很少主动上前推销，能享受购物的自由、宁静，这也是我比较喜欢这家超市的原因。

以前我常去另一个较大商场里开设的超市，那里的货品也精致、干净、较为齐全，但服务员的过度热情让人吃不消。只要你停下脚，马上就有人过来介绍物品，这个怎么好，那个是有机产品,这个刚上货、新鲜,不一而足……而这家的服务员彬彬有礼,眼睛盯着的是货物是否短缺、是否需要补货,整理被顾客弄乱的货品。有询问,才会给你以恰到好处的服务。

由于物流的发达,经营者的用心,天南海北的物品汇聚在一起,也使这里和大自然的物候变迁紧紧地联结在了一起,季节里该有的很快就会出现在货架上。身在大城市,能这样紧密地和大地、大自然建立起纽带般的联系,真得感恩这中间许许多多未曾谋面的人们。

这不,货架上就有产自南方的春笋,不过和前一阵子比,笋的个头明显大了些,应该是天气渐热,竹子生长快了的原因吧。

看到这么大个的笋,让我想起南方的一位好朋友。她的母亲经营着一片鱼塘和山林,有次去她那儿玩,当时正是春笋生长的时候。我们在竹林里寻找、采挖,她教我们怎么识别、怎样才能挖出完好的笋。

春节期间收到她快递过来的春笋,个头匀称、鲜嫩,那是春天里第一茬的收获,喜悦之情,洋溢在相隔两地友人的心间,礼轻意重,自不待言。

惜福惜物,作为常人,能吃到当令的物品,何尝不是不负大自然馈赠,不负自我、爱护身边亲人的最不费事的选择呢?

比如,春天里买些香椿、花椒芽,用鸡蛋炒在一起,即使在家都能感受到春天万物生长带来的生机。至于寻常的荠菜、马齿苋，野地里到处疯长，碰到的时候，我也会买些，凉拌一下，吃的不仅仅是菜，而是对自然的一种感恩。

这种朴素的心理和行为有时会受到误解，比如家人不爱吃杏，我爱吃。家乡麦黄时节，杏最多。

小时候，母亲或花钱买，或用麦子换些吃，杏酸酸的、甜甜的，儿时养成的味蕾体验，埋藏在心底。

初夏时节，看到产自新疆的小杏，因在新疆旅行时吃过，特别软绵香甜，更是抑制不住购买的冲动。于是买点儿，不经意间放在显眼的地方，家里人谁愿意都可以尝尝，一个品种一年才有的独特的味道。

市场有时候近在身边。去年秋，每逢周日和周四，院子里有人开车过来卖蔬菜水果，琳琅的物品中间有一种甜柿子引起了我和爱人的注意。

柿子很硬，卖东西的师傅说，这种柿子不用加工，是一种甜的品种。

小时候家乡的柿子树很多很大，一帮男孩子可以聚在一棵大的柿子树上疯玩。

到了柿子成熟的季节，那先熟了的柿子，小红灯笼般漂亮诱人。

胆大调皮的孩子自然免不了攀爬上去，摘那红透了的果子。软软的、熟透了的柿子香甜。而硬柿子则是涩味的，没法直接吃，可以用温水泡上十来天，去涩后食用。

对这种甜的硬柿子，削皮即可食用，我和爱人有点不相信。

卖柿子的信誓旦旦。于是抱着试试看的心理买回几个，果然硬而甜。

再看到他们来，又买了几次。这种柿子既可硬着吃，又可放软了吃，真过了瘾。大千世界，就是会给你意想不到的惊喜。

现在的市场发达，物品也丰富，而这也不过是放开市场这几十年里逐渐发展起来的结果。

记得小时候刚放开农贸集市，我和几个小学同学结伴去集市上玩，人山人海，各种能拿出来交易的土特产、农产品、工艺品等，人们都拿出来了，大人和孩子们那个高兴劲儿，让贪玩的我至今记忆犹新。那时是一个生活新阶段的开始。

20世纪80年代上大学时，旁边的海淀镇还是一片纵横原始的民居、街巷，有一个菜市场距我们住的地方不远，有时会去逛逛，买些日常的小物品。后来随着生活的改善，粮票花不完，于是把用不完的粮票攒起来，去市场里换些花生、瓜子，周末几个好友聚在一起边吃边神侃，海阔天空。

新源里有个著名的菜市场，我也慕名专程去过几次。

窄长的通道，两边排满密密麻麻的店铺，都不大，但干净整洁。

这里的物品来自海内外，只要是吃的，好像没有买不到的。时令蔬菜多而全,特别新鲜,不用砍价,很是喜欢。

只是市场里生意过分的好,购物的人摩肩接踵,熙熙攘攘,也较难停车,所以很久未光顾了,不知现在是否依然安好。

有位服务员在推销柿饼,买一送一,小包装,看起来品相还不错,有些心动。但随即心里倏忽闪过最近一场晚会曝光的一种大众喜爱的酸菜。柿饼和酸菜有关系吗?没关系,但有阴影。想了想,收回了买的念头。这算是一种殃及池鱼吧。

原先放饮品原料的地方,摆上了各种干果、果仁,统一用一种方方正正的塑料瓶子包装的,林林总总,就是不见我要的山楂、菊花、玫瑰花。

换地方了吗?楼上楼下又转了一下,还是没发现它们的踪影。

这事要是说给儿子听,他会说多简单啊,网上找找,下单,OK了。

在我看来,网上的方便,无法代替线下逛店的乐趣。

逛多了,你的幸福指数会噌噌地上升呢,信不信由你。

旅行的新滋味：忐忑

旅行是有滋味的，轻松、浪漫、兴奋，现在新增了一种味道叫"忐忑"。

来场说走就走的旅程，已是久远前的豪迈与潇洒，新冠疫情之下，出门变得复杂了，即使跺跺脚下了决心，仍会有隐约的"忐忑"让你不安。

首先新冠疫情下出行要做好研判，最好选新冠疫情缓和的空当，并时刻关注目的地的防疫信息和新冠疫情政策，既要出得去，还要回得来，一路绿码，才能平平安安，才能享受到旅行的原本美好的滋味。

其次要计算好核酸的有效期，不能因时间的误差耽误了行程。

这不有趣必须的差事，为充分利用时间，确定了最早出发的航班，午饭后赶忙去做核酸，告知了第二天飞机的时间，录入员很认真，仔细核对了身份信息。

"能保证结果出来吗？"

"要保险的话,可以间隔会儿,再采一次样。"

"以前结果出得都很正常,不用这么麻烦吧。"

录入员理解地点点头。

话是说到这儿了。离开的路上,"忐忑"却钻进了心里。为什么不接受人家好意,再采一次样呢?

也是呀,忐忑间,又一个路边的核酸亭映入眼帘,京城的核酸亭比早年的报刊亭还要密。这里只有几个人在排队待检,于是略加思索,停下车来,为保险,再采个样。

录入员听完我的出发时间,边仔细核对录入信息,边说,为保险起见,你最好去医院做,我们这儿24小时内出结果。

得,虽又采了一次样,让录入员这么一说,"忐忑"在心里跳上舞了。

于是,翻看以前核酸出结果的时间记录,往常午饭后做,从夜里十点多到凌晨四点多都有出结果的可能。

但愿这次也能如常,不出差错。

心里有"忐忑"搅和着,觉就睡不安稳。一夜里都是神仙在打架。

早起看到手机里闪闪的绿码和夺目的"1",心里的"忐忑"顿时老实下来。

自嘲昨天的强迫症表现,感谢那些坚守防疫一线对工作极度负责的核酸检测人员。

此行目的地是大名鼎鼎的革命老区延安。这里有雄壮的黄河、有让人梦萦的黄土高坡。

飞机落地，走到出站门前，即看到工作人员，干练地指挥人群分别排队，扫码，做落地核酸检测。

出发地算是初检的话，到达地就是复核。

新冠疫情后，第一次踏入陕西省的地界，需填写省内一码通，工作人员热情指点，无论是微信还是支付宝，都可以进行扫码登记。

这让我想起不久前，在河对岸的另外的一个地级市，也是革命老区，进入地界，只能用支付宝扫码，没支付宝的就得手工填写纸质的，对比一下，同是老区，但信息化发展程度却大不一样。

"有海淀区来的吗？海淀区的排这边。"

海淀区近期出现了一个确诊病例，从这个区来的，要先做抗原，结果出来正常的，才能接着去做核酸检测。

防疫这些年，中间也去过些地方，落地做核酸是常态，但把抗原和核酸精准结合起来，还是第一次亲身体验。

听说过抗原检测，但从未做过。

延安的防疫给我留下了对这个城市的第一印象，检疫设施设置合理，工作人员指挥得当，客流有条不紊。

除了棉签捅嗓子眼儿有些粗鲁。

不能见怪，毕竟是西北，吼一嗓子，都豪放的地方。

完成了核酸检测，就看到迎接我们的主人，别后相逢，自是十二分的热情，一点没把我们当"嫌疑人"。入境检查就像有一道严密的筛查网，认真严格，手续完备。进入地界内，则是另一番景象，本地人几乎没人戴口罩，只有少数外来的游客在一些密闭空间内，还习惯性戴着口罩，大部分人已不把戴口罩当回事。

如常的烟火气在慢慢地回归。

宝塔依旧巍峨，新城让人赞叹。故地重访，自有无限滋味。

返程安排在第三天上午。同事掐指一算，届时核酸会超过48个小时。为减少麻烦，保证行程顺利，还是决定提前一天做次核酸。

这里的路边已找不到核酸亭，核酸需要去医院做。我们住的宾馆附近就有一座刚建起不久的现代化医院，是与北京三院合作办院的。医院围栏上，赫然挂着北京强大的专家阵容。老区人民也能在家门口享受到北京一流专家的诊治，真为老区的人民高兴。

核酸检测点在医院东门旁边，这里不是入院的通道，人不多，很安静。

需要用手机扫描二维码挂号缴费。来这里做核酸的大多是游客，对填写的流程不甚熟悉，核酸工作人员耐心回答疑问，并说流程的每一步都在说明板上以真实图片和文字标明着。板有好几块，以防人员聚集。仔细看看，果然标注得清晰明了。

新冠疫情之下，时常需要全员的参与配合，而恰恰全员中文水平和操作手机能力的参差不齐，很容易产生混乱和误会。

几块条理清晰的说明板，显示着防疫工作的标准和规范，也大大方便了前来检测的外地人。

想起老区人民当年的"查路条"，如今的核酸何尝不是电子"路条"。

宁可"严"些，"严"换来的是安全。

新冠疫情之下，每个人的自觉，增加的是全社会的安全。

在延安逗留期间，继广西北海之后，三亚新冠疫情陡变严重的新闻牵动着人们的心，八万旅客由于新冠疫情管制的原因，滞留三亚。

我关注到三亚市发出了告市民和游客的信，坦诚直白，篇幅虽不长，但足以让人知道新冠疫情实情和政府采取的措施，相信无论是身处其中的游客还是远方牵挂的亲人，都会因信息及时准确地披露而踏实许多。

不能怪人出来旅游，不能怪又发新冠疫情。天下本就还在新冠疫情笼罩之中。

又是一波新冠疫情的"火星"。

内蒙古、新疆、浙江、河北、北京也陆续有新冠疫情感染的消息。

新冠疫情之下的旅途，人有一种隐约的不安，这种滋味正是"忐忑"。

雪花·花草

已是春光明媚时节，一场不小的雪却随寒流悄然而至。

最高气温从二十三四摄氏度陡降至二三度，跟坐过山车似的。

朋友在微信里提醒，注意添衣。可不，本来穿不住、放了几天的冬装又悉数穿回了身上。

让人心疼的倒是刚刚盛开的樱花、迎春花、玉兰花，还有刚拱出芽苞的海棠、嫩柳。明明踏着季节，合时而来，伸展着腰肢，宣告着春的信息，怎知道寒风凛冽，竟劈头遇到一场气势汹汹的倒春寒。

本是春天的花语，却和冬天的场景对话，不知花草们有着怎样的尴尬，倒是众人饱了眼福，看冰雪拥抱着春意，别有一番浪漫的意趣。

生活需要装点，这突然而至的变化，何尝不是上天对自然的馈赠。这不，有专家就说，这场春雪是对万物的滋润，在缺水的北方，带来的是丰收的预期，如是，多好！

站在窗前，外面雪色茫茫，倒映衬出窗台上养着的几盆花草的美丽。

　　它们默默地陪伴日常流转的日子，尤其是在萧瑟的冬季，万物沉寂中唯有室内的花草让生活多了一种装点、一份美好。

　　此刻，蝴蝶兰正开得分外娇艳。这已是它第三次怒放自己的美丽了。

　　三年前，我和三姐夫去他们家附近的花市溜达，随手选了几盆植物，这株蝴蝶兰是单棵的，娇小可爱，价格不贵，当即入了眼，买回放在家里。

　　灿烂的花，骄傲地开了两三个月之久。不管是谁，见了都会忍不住多看它几眼，淡粉色的花瓣、黄色的花蕊，韵味十足。

　　第一次花谢了，用剪刀在花茎的三分之一处剪掉，居然几个月后，又长出来新的花茎、小花苞。

　　开始时就是花芽，慢慢鼓起、长大、绽放，又把花的娇艳尽情地绽放了许多时日。

　　这第三次的开花，始于春节前半个月吧，两枝花茎完全是从根部新长出来的，穿过结实肥厚的叶片，顽强地一点点长大。

　　用两根竹筷子为花茎做了辅助固定，它们一左一右展开，几近对称地生长。

　　终于花苞渐渐长大，从含苞欲放，直到全然盛开。

时逢新春佳节，怎不叫人怜爱欢喜。如果花通人性，这花定是聪颖无比。

还要说说跟了我十二三年的花叶芋，曾是满盆茁壮，充满勃勃生机，中间还给它分过盆，衍生了家族。

后来渐渐手懒，疏于侍弄，单是浇些水，从未施过肥。

想必亏欠太多，如今剩下两株，并肩生长。

前几天为它除去周边的杂草，惊喜地发现又有新的枝芽长出来，不得不让人感叹生命的力量是多么的顽强。

我喜爱的花草品种中还有吊兰。吊兰很好养，给些水，就旺盛地生长，让室内显得特别有生机。据说它还能净化空气，就更得人喜爱。

有次到朋友家做客，看到他母亲养的吊兰，型特别齐整，伸展出的叶茎一簇簇的，还有细小淡雅的花，那种美让人过目不忘，深深叹服。

把新长出来的叶芽剪下，用水杯养着很快就能生根，水清亮亮的，白色的根须、绿色的柔软苗条的叶片，怎一个"美"字了得。

近两年，我喜欢上了用红薯养出的绿植。

有次亲戚拿来些自家产的红薯，阳台上放久了，竟有些芽冒出来。想起小时候老家广种红薯，育秧、移栽用的就是一个个的红薯。于是用水把它泡起来，叶子渐渐长起来、长大，适当修剪，居然也长成一道风景。

只需给它添水、修剪，它的观赏期可以达几个月之久，可谓异常的经济实惠。

生活之美，有时很简单，全在于一种心境。一双手动起来，生活也随之美起来。

春节前，好友送了一个洋葱一样大的花种，用红蜡厚厚地包裹着，说不用浇水，不用任何护理，静等花开。它的名字叫朱顶红。

放在阳台上，芽叶在渐渐长大。春节从外地归来，惊喜地发现，喇叭一样的花亭亭玉立，红得大方灿烂。朋友看到我拍的照片，说真是好运气，居然有两个花剑长出来，难得呢。于是都非常高兴。

生活就是这样的，用了心，用了情，就会悄然起变化。

对了，上网查了一下，蝴蝶兰的花语代表着幸福、希望；花叶芋代表着欢喜、愉快；吊兰代表着纯朴、低调；朱顶红代表着关爱、被爱；红薯在我的词典里则是香甜、健康。

也说"自己动手"

自己动手，丰衣足食。这句话，很多中国人非常熟悉。

有一部反映八路军 359 旅开发南泥湾、进行大生产的纪录电影，毛泽东为影片题字，挥毫疾书的就是这八个大字，特有的毛体，灵动的线条，记录下的是大生产运动时人人动手参加生产劳动的鲜活场景。

自力更生、自己动手，是中国人骨子里流传的生存秘诀。

父亲就是个善于自己动手的人。他生于 20 世纪 30 年代，经历的苦难多，生活中需要自己动手的事情很多。

我记事时，生活困苦，但已经有所好转，标志性的事件，当属父亲买了一辆崭新的永久牌自行车。

买了自行车，新的，还是名牌，父亲对车子的爱护甭提多用心了。

周末骑车回家，第一件事就是擦车子上的灰尘，那时的路，土路、石子路居多，汽车、拖拉机过后，荡起的尘土，落在人和车子身上。

何谓风尘仆仆，父亲骑车回家的过程和回家后的样子，就是这句惯用成语的鲜活注解与印证。

用掸子或刷子掸掉身上的尘土后，父亲就开始精心伺候他心爱的自行车，用布仔细擦洗几遍，直到车体铮亮，能映出人脸方才满意。

我至今记得，那时透过车的铃铛，来回变动自己的位置和距离，所产生的类似哈哈镜变形的效果。

几个月过后，父亲宣布说，要对车子来个大保养。于是买来了黄油和机油，借来了一瓶汽油，用扳手卸下车轮、脚踏轮，有轴承的地方都拆开，滚珠用汽油擦洗干净，把剩余的黄油清理出来，涂上新的黄油，擦洗好的钢珠依次重新安装排序，把逐个检查后的零部件复位。

几乎一个上午的忙碌，整个过程我都在旁边做助手，记住零件的摆放部位，递扳手、钳子，忙忙叨叨的，能帮上父亲的忙，内心得到极大的满足。

有时车胎被扎了，父亲也要自己补，买来专用胶水，用一盆水把漏气的地方找到，标好记号。

漏气的部位水干后，用戳子戳掉些老皮，涂胶，等胶稍稍凝结，把剪好的一小块内胎皮补上，压实。

父亲手巧，啥活都要自己试上一试。他曾把一块上海牌手表打开，想自己保养，看看零件细小、复杂，遂作罢。

子随父样。我不自觉遗传了他勤于动手的习惯。

上大学时，那时还要自己准备床上用品。父母除了选家里最好的一条被子给我，还把哥哥结婚时做的被子选了一条给我。

到了来年暑假，经济条件好的同学，把被子送到洗衣部门，花点钱就解决了清洗的问题。而我想着家里供我上大学实属不易，舍不得花这笔钱。

想起在家时，常看母亲、姐姐拆洗家里的棉被，记得拆洗被子的程序，决定自己动手。

去买了大号的针、线、顶针等缝纫用具，花了一个周末，把自己的被子清洗、缝好。

看着重新洁净的被子，不仅自己有满满的收获感。舍友们还直夸我手巧能干。

心里美滋滋的，觉得这都是父亲潜移默化对子女影响的好结果。

现在我是朋友眼中的做饭高手。追根溯源，第一次学习做饭，是上高中一年级。

那时住校吃食堂。到了冬至，家乡流行吃饺子。食堂给各班都分了馅和面，让各班同学自己动手包。

女生手巧，自然是主力，男生自愿报名，有的男生听说要包饺子，真是和要他命差不多，连连摆手不参加。

我是报名者之一，在食堂师傅的讲解下，在女同学的打样下，小心翼翼地学起了包饺子。师傅说，可以不要花样，但口得捏严实，防止皮馅分离。

我们包的第一顿饺子，有许多破皮的，其中可能就有我的贡献。不过，让我们这些学生学习包饺子，我一直觉得是我的高中母校开设的最好的课程之一。

自己有了包饺子的能力，以后在假期里，在春节包饺子时，我坐在父母亲身边，和家人一起包饺子，拉家常，暖意融融。

他们惊奇地发现我包得还不错。我说专门上过包饺子的课呢，语气里颇有几分得意。

转眼间，我的儿子都到了谈恋爱的时候了，忽然想起来，他第一次穿的小衣服还是我亲手裁剪缝制的。

那时初为人父的我听说，新生婴儿穿用新布料做的衣服会磨娇嫩的皮肤，随后决定自己动手做。

先研究了一番婴儿衣服的结构，比画着，动手用干净柔软的旧衣料改做了一身睡衣。

样式和针脚虽不时髦，却是我初做父亲的满满爱意的流露。

俗话说，艺不压身。自己动手，生活中的技能越来越娴熟，也常常会在动手过程中感受到许多生活的乐趣。

情人节与"父母的爱情"

情人节，一个表达爱、颂扬爱的日子。

公元 270 年，罗马统治者发动不义战争，为了让更多人心无挂念地上战场，宣布废除婚姻承诺，下令不得再举行任何婚约仪式。

一对爱侣，找到主教瓦伦丁，希望他能见证他们的爱情，为他们举行婚礼。

瓦伦丁本就对统治者的这道命令不满，同意并秘密地为这对情侣举行了婚礼。一传十、十传百，瓦伦丁为很多爱侣举行婚礼，见证了他们的真爱。

罗马统治者恼羞成怒，下令逮捕并处决了瓦伦丁。

后人为纪念这位勇敢捍卫爱情权利并为爱侣们献出生命的基督教徒，把他的临难日定为情人节，也称"圣瓦伦丁节"。

愿天下有情人终成眷属。这是古今中外人们对爱情的共同愿望。

周恩来兼任新中国第一任外交部长，他和邓颖超的爱情堪称楷模。在日内瓦国际会议上,周恩来请卓别林等外国友好人士,一起观看戏曲电影《梁山伯与祝英台》。

他向外国友人介绍剧情时说,这是发生在中国的罗密欧与朱丽叶的故事,一下子就拉近了人们的距离。关于爱情,中国人和外国人一样,相信忠贞、相信相濡以沫。

小时候,常常听我妈由衷地说,我和你爸处了半辈子,没红过脸、没吵过架,更没动过手。记忆中,父母两人相敬如宾,对孩子们也尽心尽力地疼爱。

父亲在学校当老师,有时在本村,有时在外地。那时经常轮岗,也叫调动,父亲说,又调动了,就是又换了一个教书的学校。

父亲很爱家,很有人情味儿,很懂子女的心理。生活困难的年代,他一回来,会变戏法似地给年纪尚小的我和两个妹妹好吃的小东西,以至于每到星期六下午,我和两个妹妹会急不可耐地结伴到村头等父亲回家。

父亲的身影终于出现了,他从自行车前的书包里,掏出些糖果、几块饼干。有时高兴,还会到边上的小饭店里,额外买上几块烧饼,再夹上一块猪头肉——肉夹馍,味道喷香喷香的。

父母亲的感情特别好。父亲领完工资交给母亲,母亲当面用一个漂亮的圆铁筒收着,也不上锁,让父亲有一定的零花钱。她说,男人在外不容易,男人得有男人的面子。家里好吃的东西，母亲总是让父亲和最小的孩子先吃。她说，父亲挣钱养家，妹妹最小，最需要养好身体。对此，懂事的我们，没有任何意见。

父母很有情趣，总是有说不完的话。冬天天冷，他们俩在煤火旁聊天聊得晚了，母亲还会做点米粉或汤面当夜宵。

每当夜宵做好，父母还会让孩子们吃一些，可能我在姊妹兄弟中排在中间的缘故，我记事起，父母就特别疼我。即使我睡着了，也会把我叫起来吃一点儿。

有次母亲又叫我起来，这回是喷香的酸汤粉条，放了葱花、香菜。我迷糊中，一不小心，竟没拿稳，洒在了床上。好长一段时间，都成了母亲揶揄父亲的玩笑。原来母亲知道我睡眠沉，不让叫我，父亲坚持说，还是叫叫他吧，结果我闹了个乌龙。

母亲喜欢看戏，父亲有时也陪着去。看秦香莲，她对忘恩负义的驸马爷陈世美一点儿不同情，说包拯做得对，该铡。看《武家坡》，对苦守寒窑十八年的王宝钏，十分同情。

父母亲曾讨论过生重病后怎么办的话题。父亲说，要是我得了治不好的病，就不用治了，白花钱。母亲说，要是我得了呢？父亲说，当然治，我能挣钱，给你治。

母亲来京替我照看孩子，在家里时就觉得吞咽有些困难。我带母亲去朋友当军医的海军医院检查，确诊食道癌。

父亲闻讯，即刻从老家赶来。

因瞒着母亲病情，母亲在家，依然和平时一样带孩子，做家务活。

父亲很不高兴，找了个机会，说，你母亲病了，你怎么还让她干活？我的一番苦心被父亲误解。

不过从父亲的表情里，看出了他对母亲心底里的疼爱和体贴。

母亲治病期间，父亲一直在身边照顾，呵护有加。

母亲走后，每次回家，父亲总说，来了好，去看看你母亲。每次，虽然父亲不同去，可我能感受到他的心和我们在一起。

多年里，我不在父亲身边，也很少和他谈起母亲。

父亲病重，治疗后效果不见好。他拉着我的手，和我轻声说，让我走吧，去找你母亲，她在等我。

父亲从此不再进食。

父亲和母亲葬在了一起。下葬那天，时逢圆月，站在阳台上，碧空如洗，月光一抹清晖，世界悲伤而温柔。

情人节，爱情节。父母单纯、平凡、相濡以沫的情感，不正是我们一辈辈中国人追求爱情的写照吗？

人间"美味"

开门七件事,柴米油盐酱醋茶。

哪件事都和吃有关。

民以食为天。在我的记忆中,说起吃,总会浮现出记忆深刻的几个小故事。

小时候,恰逢饥饿年代。妈妈说起那段吃不饱肚子的年代,总是拿我哥的糗事来说。

这件事发生时,可能还没我,家里的粮食接济不上,大家都饥肠辘辘,难为坏了为全家人操心一日三餐的母亲。妈妈说,那时,喝的粥都能照见人影,我的姐姐哥哥正在长身体的阶段,营养严重匮乏。

父亲想办法从一个榨油坊买了几斤榨油后的豆饼,回家后让母亲分给姐姐哥哥吃。这东西不好消化,怕孩子伤了肠胃,一次只给几块,剩余的放进篮子里,高高挂了起来。

哥哥饿慌了,老惦记着篮中可吃的豆饼。看到母亲的嘴角动,就会拉着母亲的衣角问,妈妈你吃的是什么,怀疑母亲背后吃了豆饼。

那篮子挂了一个多月,哥哥就盯着那高挂的篮子一个多月。你哥呀,真的是饿过肚子的人——妈妈后来不止一次地说。

"妈妈,你又吃的是什么?"哥哥的这句话,成了母亲回忆那段日子时的口头禅。

另一件事发生时,我已是刚记事的孩童。奶奶独自做饭。她爱吃韭菜鸡蛋馅饼,每次先做出两张厚度适中的皮子,一张面皮摊上切好的韭菜,鸡蛋磕一个小口,抖出蛋液,均匀洒在韭菜上面,敷上另一边张面皮,封口捏出好看的花纹。每顿只烙一个。

我只有两三岁的样子,奶奶疼我。每次烙饼,会悄悄把我叫到跟前,分我一块吃。哥哥不久发现了这个秘密,奶奶烙饼时,哥哥就循味儿而来,嚷嚷着说奶奶不公平,非缠着要到一块饼才肯离开。哥哥其实很懂事,只要奶奶分给他一小片就不再讨要。

奶奶的馅饼真的香。长大后,我哥和我看法高度一致。

我三舅是结过婚的。据说舅母去世后,未再考虑成家的事。舅舅一个人生活,在生活困难的年代,因为没有家庭的负担,生活条件要比另外两个舅舅好些。

小时候去姥姥家,三个舅舅轮流管我们吃饭,不论哪个舅舅管我们家吃饭,三舅都会让我和小妹在他那儿吃。

我们几个孩子特别喜欢三舅做的江米丸子,里面的馅儿是豆沙红糖。用油炸过，外面便挂了一层焦黄色，蒸好后，再洒上些那个年代珍稀的白糖。

米香馅甜，高兴坏了贪吃的我们。三舅的江米丸子世间稀有，这是成年后的我们共同的感觉。

大学年代，春节假期返校，同窗好友会带些家乡的特产回来。有天津的大麻花、狗不理包子，河南的炸鸡块、红薯丸子。但来自鱼米之乡咸宁的烟熏武昌鱼着实让我们嘴馋的几个室友大快朵颐。

久负盛名的武昌鱼，活生生地以烟熏美食的方式被佘同学呈现在眼前。关键是佘同学家特别大方，一下子带回七八条鱼。

从食堂打饭回来，围坐在一起，每人分到一块浓浓烟熏美味的武昌鱼。这鱼是他弟弟特意在江里捕的，宰杀洗净，抹上盐晾干，挂在灶台上，用做饭时的柴火烟慢慢熏制，蒸熟后带回，可直接食用。

"鱼鲜刺细，别扎了喉咙。"佘同学的介绍、叮嘱，现在回想起来，都倍感亲切。那返校后一个星期的鱼香味道成为校园生活难忘的一抹回忆。

现在的我们，食物极大的丰盛了，可采买的种类和口味繁多，成家后，我成为家庭"高厨"，做过无数可口的饭菜。可奶奶的馅饼、三舅的江米丸子、佘同学家的烟熏武昌鱼，我至今未敢奢望尝试。有些美味可遇而不可求。深以为然。

一句老话引起的遐想

老话说"民以食为天",深以为然。

要生存就得吃饭,"吃"乃是人生第一不可或缺的事。

于是,人与人见面,互相的问候,直接和"吃"相关:"吃了吗?"

"吃了,你呢?"

"也吃了。"

……

悠悠的时间里,这样的问候并不过时。

"您吃过了吗?"

"没呢,这不刚忙完。"

"快去吃吧,肯定饿了……"

不管"你"和"您",不管老幼和尊卑,不管乡音和京音,只要彼此表达礼貌,问候时,问"吃了吗?"总没错。

这并不奇怪,在很长的农业社会里,人们填不饱肚子,有人"吃了上顿没下顿"、有人"半年野菜半年粮"。"吃"成了人生存最大的课题，一句"你吃了吗？"就成了最直接、最暖心的关怀，成了我们的礼仪文化的符号。

"吃"既然重要，做饭，就是人必须学会的本领，孩童玩过家家，一定有做饭、吃饭的内容。

因为社会的角色分工，很长时间里，男主外、女主内成了家庭传统。

男人种田、打猎、做生意，养家糊口。

女人生养孩子，为家人操持吃饭、穿衣。

做饭似乎成了女人的专长、专属。

"三日入厨下，洗手做羹汤。未谙姑食性，先遣小姑尝。"这不，古诗中的新娘子到婆婆家已开始了厨房里的忙碌，其温柔良善，跃然纸上。

晃晃悠悠，几千年如此。

工业社会的洪流冲乱了农业社会的节奏。

天下大势，浩浩荡荡，一切都在急速变革。

现代人的生活方式和分工也在剧变。

男人能干的，女人也一样能干，女人离开灶台，走向更宽广的世界了。

"君子远庖厨"，孟子的这句话，让很多望文生义的人，认为男人不应该下厨房做饭。其实孟子的本意，是劝君王实行仁政，而普通人，多些不杀生的怜悯之心。

一个现代人，大多生活在小家庭里，学会一手做饭的功夫，也是增进家庭幸福感的必备技艺。

有人会说，现在一个电话、一个订单，就有人送饭上门，学会做饭真有必要吗？

还真有这样的人，除了在单位吃食堂，就是叫外卖和下馆子，家里基本不开火做饭。

方便倒是真方便，可缺少了家庭里的烟火气，少了自己动手过程中的乐趣、享受哩。

有句流行语说得好，要一个人高兴，就做梦；要全家人高兴，就做饭。

吃的如何和社会的发展、生活的贫富密切关联。"朱门酒肉臭，路有冻死骨"，肯定在吃的方面也是天地之别。

物质匮乏的年代，母亲常为做什么吃的发愁，能让家人不饿肚子就是本领了，粗茶淡饭，无病无灾，即是幸运垂青了。

老家吃的一种面条，做法是玉米面加萝卜、青菜，熬得八分熟，再下面条煮，快出锅时，母亲会用勺子放在火上方，加入一些油，放入葱花，待油热，葱香味四处飘逸时，猛地放入锅里，嗤嗤啦啦的声响过后，这锅糊涂面好吃了许多。

在我小时模糊的记忆中，姥姥在我家住过一些时间，吃这样的饭，不能缺醋。

"五分钱，买了醋，就买不了别的，穷日子，对不住你姥姥。"母亲念叨着，给我五分钱去买醋。

母亲常叹，巧妇难为无米之炊，要是有条件，一定多给你姥姥和你们做些好吃的。

后来，生活条件渐好起来，母亲做的肉炸酱面条、猪肉大葱饺子、端午节炸糖糕、炸豆面萝卜丸子、大烩菜都给年少时的我带来了难得的味蕾记忆。

母亲的慈祥、爱意都融进了一粥一饭里。

要想把饭做好，就要善于观察学习，尤其是吃到有特色的菜。开吃前，就要留心看看，这道菜的主料、配菜用的是什么，味道如何，菜的色泽火候。某个时候在家可以试做，让家人吃个惊喜。

吃也关乎健康。

有一次在一位老将军家吃饭，菜很清淡，以拌菜和蒸菜为主，老人家说，年岁大了，这样吃，可以少吃很多油和糖。可不，烹调方式简单一变，带来的却是返璞归真和对健康的追求。

以后也常煮菜凉拌，真的受益无穷。

做饭有时要慢，有时则要快——尤其是没时间让你慢悠悠的时候。

一位朋友说，回家半小时就能让家人吃上可口的饭。不怕晚下班。

听后，赶忙讨教。

朋友说，虾，过水焯熟，淋上调好的汁；接着把两种青菜煮熟凉拌；一块牛排煎一煎；再炒个喷香的鸡蛋。

想想也是。方法决定了速度。

做饭，是亲近自然的最好方式。

"城中桃李愁风雨，春在溪头荠菜花。"春天里，满眼花开，诗人辛弃疾钟情着溪边的荠菜。

"渐觉东风料峭寒，青蒿黄韭试春盘"，诗人苏轼用春天里的春鲜款别友人。

四季时令的蔬菜，天南地北，五彩缤纷，从幼苗生长到端上餐桌，里面浸润着多少的时光，多少的辛劳。

可不，"锄禾日当午，汗滴禾下土，谁知盘中餐，粒粒皆辛苦"。大米、小麦、五谷，哪样不是风吹日晒、辛勤汗水劳动的结晶。

想象一下，那沉甸甸的、慢慢生长、成熟的过程，确实是粒粒辛苦，棵棵不易，里面藏着种田人的希冀和苦乐。

端起饭碗，体会一份感情、感恩，日常的饭食里，就多了一份珍惜、珍贵的滋味。

新冠疫情多艰，加强营养，就是增强抵抗力。有权威的医生早就叮嘱，少喝粥，少吃咸菜，多吃肉蛋奶。

家中掌勺人，当细心运筹，一菜一汤关乎健康。

还有很多人吃不饱，吃不好，光盘行动，不仅关乎情怀。

一粥一饭当珍，一茶一酒当惜。

梦中杂忆

做梦是人生中难得的境遇，人已入睡，但另一个你却活灵活现地，经历一个个逼真的场景，梦到惊险处，自己还会暗示自己这只是在做梦，别怕。然后试着让梦中的自己继续着或惊喜或惊险的故事，直到自己都觉得无法容忍梦境中的情节，于是回到身心合一的清醒状态。

人人都会做梦，古代人也不例外。著名的当属庄周梦蝶，恍惚的梦里梦外，竟分不清梦中的自己和蝴蝶究竟哪个是真实的自己。

唐人沈既济的"黄粱梦"流传更广。儿时就听母亲讲过有个穷困书生向一得道仙人倾诉自己生活的潦倒，想通过科举实现荣华富贵。仙人说这不难，于是递给他一个枕头。

书生枕入梦乡，梦中的自己有了功名，娶了漂亮的富家千金为妻，疆场荡寇立功，五个子女个个出类拔萃，为人中龙凤。自己年八十而寿终正寝。一觉醒来，主人家蒸的黄粱馍馍还没熟呢。于是幡然醒悟，遂遁入空门。

母亲没念过多少书，但她对世事有深刻的理解，她说梦是人的所思所想，日有所思，夜有所梦，不足为奇。

但梦给了人一个自由的视角，或曰"穿越"的本领，让人在不同的时空穿来穿去，犹如一匹脱缰的野马，充满无拘的天性。

这不，梦中的我念叨着，回味着新冠疫情前的那个冬天生活的日常，一切有着发生、发展的逻辑，生活对大多数人来说，都在自己的可控、预期中。

那年冬天，最美的、最给北方人长脸的就是那几次突如其来的飘飘洒洒的漫天飞雪，雪覆盖了视野里的山水树木，大地苍茫，好一派北国风光。

北京常下这样的雪吗？来自南方的同学问。

这些年不常下雪呢。可能是想给你们不常见雪的南方人惊喜吧。

雪不仅让南方同学兴奋，同样也让我这个北方人兴奋，雪笼四野，天地一色，身处其中，犹如大地赤子。

不和谐的声音就是这时冒出来的。一位消息灵通的学长说，又出现"非典"了，不过不传人，可控。天哪，当时也没在意，但一场无硝烟的生物灾难，让全世界失序。无人能置身事外。

突如其来的事，总让人手足无措，始料不及，对它会发展到什么样，心中没有清晰的答案。而困境中的互助，却让人珍惜难忘。

得知可能人传人，口罩和消毒液成了疯抢的目标，价格涨了五六倍，并很快断货。

老板说，贵了，少买点儿，先凑合着用。心里对这种漫天涨价极其反感。

口罩会有的，这点事还能难住人？于是花五十元买了十只一包的口罩。

熙熙攘攘的人流是度假地的常态，旁边新开的购物餐饮中心，更是摩肩接踵，热闹非凡，备年货的当口儿，人人脸上露着喜气。

突然，一股无形的力量，把一切静止了，除了超市、药店，其他都关门闭户。

街上，空荡荡的。那种空，透着阴森的恐怖。

一场无形的人与病毒的世界大战就此拉开帷幕。

原本在潘多拉的盒子里，盒子却被无意中打开，看不见的敌人幽灵般四处游荡。

口罩、消毒液，无货。

每个药店都挂着这样的牌子。

起初，少出门，隔两三天去趟超市。

突然间，临近的院子出现病例，于是进出院子的大门封闭。

原本正常的假期，拖到了一个月。临返程了，各个店里，口罩还是缺货。

电话问朋友，大城市也缺货，数量极少，限量购买，排队也不见得能买着。

一只口罩阻挡了返程路。有人说，可以向物业登记申领。抑或向单位求助，但当时短缺是普遍现象。

朋友的家人在医院工作，口罩同样紧张，但毕竟近水楼台，说，家里刚有了两包，给你寄一包吧。

雪中送炭，此时此刻深刻理解了其中的含义。

这份患难中的真情，只有经历过的人才能懂。

回京后，居委会上门登记返京信息，送了口罩、消毒液、居家观察须知。

心中一阵温暖和感动。

隔离完，我也报名做了社区志愿者。

进店、进公共场所，扫码测温。

离我家较近的小超市摆上了测温仪，手靠近，就会自动报出体温，二维码张贴在牌子和玻璃上，便于人们扫码。

一个小伙子径直入店，被服务员制止，不情愿地掏出手机，嘴里骂骂咧咧。

旁边的顾客看不过去了，纷纷指责小伙子：这是规定，为大家好，也是为你自己好，有啥不满意的？

小伙子看犯了众怒，嘟囔着，这不是在扫码吗，也没不扫啊。灰溜溜的样子。

北京人就是这么认真，仗义执言，知进退。

新冠疫情之下，人人对自己负责，也是对别人负责。

离家较近有一个核酸采集点，对面有一个公共汽车站，周围居民楼也不少，每次来此采集核酸已成习惯，排队所需时间也不长，三五分钟，即可完成。

采集核酸的护士说，这是最后一天了，街道通知，明天起这个检测点关闭。

排队的人纷纷询问，搬哪儿啊？为什么关闭啊？

我们在这儿做习惯了，周围的居民得了方便。

可不是嘛，公交车的司机和工作人员知道了，意见也很大，这个检测点对他们来说太重要了，他们已经向市长热线提意见了。

排队的人七嘴八舌，说着这个点碍谁事了，一点不妨碍别人，不行，要打电话给街道。

北京人就是这么率性，路见不平，拔刀相助。

常态化核酸，三天一检。方便大家，大家才会更安全。

说回梦吧，梦中有科学家发明了治疗新冠肺炎病毒的特效药，从此人人消除了恐惧，生活恢复了运行的正常逻辑，人间又充满了正常的烟火气。

这烟火气，应该不同过往，经历过这次大劫难，生活的方式和理念也应该有所变化。

不能记吃不记打。

一盏清茗品岁月

【中篇】

悠然品茗时

突破人生的"两道藩篱"

虎年春节，亲友们贺年的祝福里，不乏虎虎生威、龙腾虎跃、恭喜发财、事业更上层楼等真诚愿望。

每年的新春，既是中国人传统年的收尾，又是新年的开始，美好的祝福给新春平添了喜庆的氛围。新春是人生驿站，也是人生加油站。

有所成就、发了财的，衣锦还乡。在众人羡慕与夸赞中，自然春风得意，可谓不用扬鞭自奋蹄。

时运不济的，去年受到挫折、做事未圆满的，自然不愿意被人过多地问起境况。但网络、电话里传来的亲朋好友的祝愿，谁说不会成为失意者暗暗鼓劲前行的动力呢？

春节这样的假期，总是让人觉得时间过得太快。转眼间春节的人流开始逆向回流，依依不舍中，打起行装，带上亲人的祝愿，或自驾、或火车、飞机，川流不息地奔回各自谋生活的地方，投入为生活和梦想打拼的日常状态。

为自己的家，为自己的事业，为社会所需，忙起来的时候,很多人像陀螺一样,没个停歇的时候。

人活着,重复着早已熟悉的轨迹,一天天、一年年地变老,人奔忙的目的、意义是什么?什么才是有价值的人生?

偶尔这样的想法,会闪现于脑海,逼着忙碌的自己认真地想想生活的目的。

有一次和几个外交官谈起工作、生活的话题,他们说起自己常常在国外工作,隔几年轮换不同的地点。虽然现在条件好了,夫妻可以一起驻外,比起老一辈的外交官来,已没有夫妻分居的窘况,但子女的亲情、教育有时无法顾及,老人的身体不好,自己却常常很难尽到做子女的责任。言谈中他们挺羡慕我们影视工作者,说你们多自在啊,常常拍不同题材,走不同的地方,接触不同的人,你们的工作好有意思。

钱钟书先生说家庭就是一个围城,里外的人,互相羡慕着对方的状态。

人生境况如果相当,有时也是一个围城,互相看起来,都觉得对方的状态更有意思。

那天谈得兴起,我说,人生的目的,就是要超越时间和空间"两道藩篱"对人本身的限制,你们做外交官的,长年在外,见多识广,实在是人生扩展"两道藩篱"的好职业,他们若有所思,随即深以为然。

想想也是,人生下来,每个人的出生空间注定是不同的。所谓的人人生而平等,是从法律、人权而言的。自然人,一出生就带着原生家庭和原生地的不同而带来的形形色色的差异。这种天然的差异，就是人天生带来的空间限制。很多人一辈子的生产、生活范围极其狭窄，生产、生活的空间限制是人生的第一道藩篱。

时间如白驹过隙，人生不过百年、三万多天的生命。生命所能达到的时间长度限制是人生的第二道藩篱。明天或意外哪个先来，是人生无解的问题。

有人把人生百年生命轨迹比作乘坐一趟单程列车。

在生命列车的无尽的行驶中，有人上车，有人下车，在车上驻留的时间长短不一，有上车的时候就有下车的时候。秦始皇想做不下车的人，古代炼丹的道士、现代的生物科学家们都想做不下车的人，可目前还没听到有不下车人的先例。

突破人生的这两道藩篱，就是做人的价值所在。古人的宝典是读万卷书，行万里路。三人行，必有我师。

读书可以涵养自己的精神世界，可以和不同的著作者、智者进行人生对话。可以在最短的时间，用最经济的手段，体验不同时代、不同国界、不同界别的著作者的人生故事和思想结晶。通过读书学习和人生经历，领悟大千世界的真谛，何尝不是对人生空间藩篱的一种征服跨越。而走万里路，看万里路上的不同的风情，和不同的人或交集或擦肩而过，路上的阅历和风景，同样是人生最宝贵的财富。三人行，必有我师，时刻怀有善于学习之心，哪怕独自一人，亦可以道法自然，悟天地道理。

从这个意义上说，当你从事的行业有助于你人生舞台的扩展，有助于你人生厚度的开掘，那就请在日常的辛劳中珍惜、体会它对你人生的意义。突破"两道藩篱"是每个人有意无意中毕生的答卷。

每遇见长者，或活得通透、言行善良之人，我都是恭恭敬敬的。无论他们比我年长还是年幼，都是我的榜样。如果长者已近耄耋之年却耳聪目明，那就好好向他学习，活得长毕竟是人生的理想境界之一。要像长者那样长寿，是要自身和外在各种机缘聚合才能达到的。而言行善良之人，必是在人生阅历上有修为有厚度之人。

突破"两个藩篱"，在人生列车上拓展时间和空间维度，才有机会有更丰富的人生，看到更多的世间风景，人生才能更有意义。

心"羡"李白

人离不开酒。酿酒、喝酒、写酒。李白号称"诗中酒仙"。

君不见,黄河之水天上来,奔流到海不复回。

君不见,高堂明镜悲白发,朝如青丝暮成雪。

人生得意须尽欢,莫使金樽空对月。

天生我材必有用,千金散尽还复来。

岑夫子、丹丘生,将进酒,君莫停。

与君歌一曲,请君为我侧耳听。

钟鼓馔玉不足贵,但愿长醉不愿醒。

古来圣贤皆寂寞,唯有饮者留其名。

陈王昔时宴平乐,斗酒十千恣欢虐。

主人何为言少钱,径须沽取对君酌。

五花马,千金裘,

呼儿将出换美酒,与尔同销万古愁!

唐诗中有很多诗人写酒,唯独李白的这首《将进酒》写得酣畅淋漓，波澜起伏，道尽酒中的豪情、友情、旷达情。

　　诗的开头，用两个"君不见"递进，以滔滔东流的黄河水比喻时间一去不返，而岁月化作无情霜，使头上乌发转瞬间变成雪白。

　　诗人接着说，人生得意就要尽情欢乐，天生我材终有实现抱负的时刻，钱花完了，还会再挣回来。

　　来吧，牛羊肉备起来，痛痛快快地喝上三百杯。

　　诗人喝得兴起，叫道，岑夫子、丹丘生，你们接着不停地喝，我要放歌一曲唱给好友听。

　　音乐美食算什么，如果借此能长醉不醒该多好啊。

　　诗人感叹道，古来圣贤都烟消云散，只有豪放的饮酒者才青史留名。

　　诗人浮想联翩，想当年，陈王设宴，宾主尽欢，酒源源不断。

　　又向店主说，店主啊，你别怕我没钱结账，只管上酒来。

　　我的五花马，贵重的裘衣拿去换酒，我和你们要一醉方休，销掉这万年的忧愁。

　　李白在诗歌上的才情，遇上了心仪的美酒，在和好友的狂饮畅叙中，他成就了一首关于饮酒和人生的千古绝唱。

　　这首诗曾被人在酒席上不断地吟诵，借以抒发情志。

　　前一段时间，在网络上，看见一位知名演员用陕西方言，用酣醉之态，演绎着《将进酒》千古绝唱，虽怪怪的，但他自己特别投入，亦别有一番情味。

最喜欢的还是一位尊敬的老哥对这首诗的诵读。

老哥古文功夫深厚，尤爱古文、古诗，自幼喜欢朗诵，风格自成一体。

每逢酒酣，就有熟悉的人提议，让老哥朗诵《将进酒》。

老哥略作谦让，在众人坚持下，稍作思考，站立起来，一手扶杯，一手随朗诵做配合性的动作。

从诗人的感叹深沉进入，到最后激昂激情收尾，中间抑扬顿挫，或娓娓道来，或声情并茂。

听的人有的全神贯注，有的还颔首会意。尽量跟上诗的节奏。

颂毕，掌声、称赞声，响成一片。

没有人生的沉淀和丰富的人生体会，难以深入诗境，与李白的心绪共鸣，更别提演绎出那狂放、豁达的人生咏叹了。老哥做到了，堪称出神入化。

记得刚工作不多久，赶上电视大发展，社会开放活跃。挣得一些片酬，兜里有了喝酒钱。

隔三岔五，找些由头，合得来的同事朋友就要聚在一起吃饭喝酒。周围小饭馆多，菜是家常菜，价格也公道实惠。那时流行喝孔府家酒系列，还有北京的京酒系列，有时干脆北京绿瓶二锅头。

酒放在桌上，没人规定一定要喝多少，自己往自己杯里倒，只是不许空着。实在喝不动了，允许退出，把酒杯倒扣跟前即可。

越是这样，酒桌上氛围越好，越没人犯怂示弱。

喝到下半场，桌上的菜基本吃光，就让服务员上洗好的黄瓜。或整根，或一切为二。

再催要黄瓜，服务员说，半筐黄瓜被上完了，还有人嚷着让服务员去隔壁的饭店借，有时也真能借来。

往往有喝得大醉的，或吐脏了人家地板，或倒在沙发上叫不起的。于是吩咐老板说，留这儿个"押金"，啥时候醒了，他自己走。

颇有几分李白的豪情、友情。虽顾不上写诗。

不用大惊小怪，谁的青春还没有点儿做过头的事？

今年春节，一桌上就我和三姐夫喝酒。喝多少？三姐夫说，一两半。

我也一两半。竟有些醉意。

不禁叹曰：时光偷走了我的酒量，时光偷走了我的青春。

但在时光的流逝中，人生也宛如一坛老酒，装进了岁月梦想，装进了奋斗砥砺的豪情，装进了曾经的人生五味。

时光如酒，穿越千年的时空，酒越发醇厚。自己也在时光中静心、成熟。

感谢时光、感恩时光。

李白爱酒、喝酒、写了一万多首诗，体会的是人生的理想、抱负、孤独、浪漫、情趣。

我们现代人虽写的诗少了,但爱酒、喝酒、有情有义、爱憎分明、铁肩道义、儿女情长、胸怀天下。何尝不具有几分太白遗风呢。

都是英雄汉子

今日看到一段微信中的视频，视频中的主人公是一位52岁的父亲，他从洛阳的农村到郑州打工。

画面上他在吃午饭，是卖饭人最后的饭了，连袋子都给了他。他吃得很香。

他说，早晚吃馒头，喝加油站的热水，只吃中午一餐饭。出来五天了，只干了一单大工的活，本来可以挣三百，被压成了两百。出来时带的二三百块钱，和挣的二百块钱，除了买睡觉用的被子、干活的工具，几天的吃喝，身上只剩五六十块钱，还准备花两三天。出来舍不得租房，住在大桥下面。

拍摄的人问，家里人知道他睡大桥下面吗？孩子们知道吗？

他回答说，自己在外吃苦受累，自己知道就行了，何必跟孩子说。小儿子11岁，还小，也不会理解。

还说，他的大孩子22岁，懂事了，不让他住桥下，要他租房子住。拍摄者塞给他二百块钱，他坚决不要，说，不是他挣来的钱，花得不安心，不舒服。

看着他朴实的面孔，跟着镜头看了他桥下睡觉的地方，听着熟悉的乡音，他那通达而努力为家庭谋生活的坦然，不禁让人泪目感动。

他何尝不是令人尊敬的英雄好汉？！

往日说起英雄好汉，我的脑海里可能会出现力拔山兮气盖世的项羽。当年，他被刘邦大军围于垓下，汉军夜里四面唱起楚歌，项羽霸业相争，功亏一篑。望着跟随多年的美人虞姬和骏马骓，禁不住悲歌慷慨："力拔山兮气盖世，时不利兮骓不逝，骓不逝兮可奈何，虞兮虞兮奈若何。"

这时项羽身边还有八百多人，左冲右突，身边只剩二十八骑。

项羽对身边人说，起兵八年，经历七十多次大战，所向披靡，未曾败过，今日被困，不是我不能战，是天要灭我。看我怎么在汉军中给你们杀开条血路突围。

项羽在汉军中三次冲杀，斩将杀敌数百人，冲出重围。到了乌江边上，船已备好，亭长说，先过江东，江东有地千里，有人口几十万，还可称王。

项羽说，八千子弟跟我，今就我渡江回去，即使江东父老还怜悯我，我还有何面目见他们。

他把跟随他征战的宝马骓送与亭长。返身杀入敌阵，斩杀数百人。最后，他也伤痕累累，这时看到汉军中认识的一位故人，说，我的头值千金，可换万户侯，请拿去。于是自刎而死。

不苟且偷生，以命谢罪江东父老，怎不令人唏嘘。

"生当作人杰，死亦为鬼雄，至今思项羽，不肯过江东。"项羽虽败，也是英雄。

我也会想起三国里的英雄关羽。遥想当年，温酒斩华雄，他一战成英名。华雄前来叫战，袁术的骁将俞涉请命出战。不到三个回合，即被斩于马下。太守韩馥派手下上将潘凤上场，潘凤不多时，又被华雄斩了。

众人大惊，急得袁绍直叹，要是心爱的大将颜良、文丑在，怎会怕了华雄。

这时，籍籍无名的关羽，主动请缨，袁绍一问，是刘备身边的一个马弓手兄弟，气得要把他打出帐外。

曹操出面劝说，既然此人口气不小，也许真有本事，何不让他试试。袁绍还是担心，派一个无名卒出战，被华雄笑话。曹操说，看此人身长九尺，髯长二尺，丹凤眼、卧蚕眉，面如重枣，声如巨钟，华雄怎能知他身份。

关羽立下军令状，拿不下华雄，提头来见。曹操命人拿杯热酒来，给关羽喝了壮胆。关羽说，酒先放下，一会儿回来喝。

关羽提刀上马，帐外鼓声喊声，如天摧地塌，岳撼山崩。

正想打听战况，关羽在马铃叮当声中，手提华雄人头而归，而那杯酒还是温的。

武功盖世，手到擒来，如何不英雄？

今天我却把眼下的这位普普通通的农民和项羽、关公及世上许许多多的英雄一起并列，在我心中，他堪当英雄。

他有担当，只身闯荡生活。在受新冠疫情威胁、活儿难找的当下，他没逃避，而是把养家谋生的担子扛在肩上。

他安贫乐道，人穷志不短。一个装食品的塑料袋，他要起身扔进垃圾桶里。面对拍摄者给的钱和好意，他不贪不嗔，内心干干净净。

他坚韧肯吃苦。心里没有自己，只有远方的家和孩子。

和他一样的人，我觉得都是英雄。

2022年1月18日，北京朝阳区发现一例核酸检测阳性人员，为无症状感染者，后确诊。

流调显示，从1月1日到18日，他辗转20多个地点打零工，多日都在凌晨工作。后来媒体披露，这位姓岳的父亲，两年前大儿子走失，因儿子在京做过帮厨，所以他来京边打零工，边找儿子。

他的工作就是扛沙袋、扛水泥或是清运建筑垃圾，运垃圾车夜里11点才能进城，所以他的工作是从深夜干到凌晨四五点钟。

之前，他已去过山东、河南、河北、天津等多地，都是打零工、找儿子。

他曾在山东威海做过捕鱼船船员，如果是远洋的捕鱼船，有的一出去就是两年在海上工作生活，极其艰苦。船上没信号，没法找儿子。

许多热心网友要捐款帮助。他的小儿子和他先后发声致谢，不要大家的捐款，只希望大家一起帮他寻找线索找回儿子。

他说，为了找儿子，已花了几万块钱了，打零工赚钱了，就找儿子，没钱了，就打零工，就算把命搭进去，也要把儿子找回来。

有人说他苦，他说，只要有一把力气，好好干活就能挣钱，养家人，养老人。过日子不能指望别人，辛苦挣钱不欠账，日子就是过得难，也觉得心安。

他的老家在河南台前县清水河乡。一个普通却顶天立地的父亲、一个家庭的主心骨。

无数个这样的人，贫穷不起眼，但走近他（她），他或她的内心却是英雄般的境界。如何能让人不尊敬？

乡村振兴，关乎共同富裕。

每个人，只要努力，都能成为英雄。

她，了不起

又逢三八节，群里向女神的问候声不绝于耳。

世界的一半是女人。

女人可以是温润的玉。女人可以是炽烈的火。

中国妇女一百多年来，奋起反抗封建压迫，她们是革命者，也是自己命运的解放者。

秋瑾、向警予、江竹筠、赵一曼、刘胡兰……一个个伟大女性的名字镶嵌在中国人民追求解放的丰碑上，她们的事迹家喻户晓。

这里我想说说一位母亲的故事，她有个大名鼎鼎的儿子夏明翰。很小的时候，我就从老师讲述的故事里知道了烈士夏明翰。他的那首绝命诗更是震人心魄，大气凛然。

"砍头不要紧，只要主义真，杀了夏明翰，自有后来人。"

长大了，才知道夏明翰是毛泽东在湖南进行革命活动的亲密战友，不光他入党是毛泽东和何叔衡介绍的，毛泽东还是他结婚成家的媒人，婚后，还曾和毛泽东一家生活在同一个院子里。

毛泽东到武汉举办中央农民运动讲习所，特邀请夏明翰到农讲所工作，担任全国农民协会秘书长。

蒋介石发动"四·一二"反动政变，疯狂屠杀共产党员和革命群众，夏明翰异常愤怒，异常悲愤。他写下这样一首诗：

"越杀胆越大，杀绝也不怕，不斩蒋贼头，何以谢天下！"

与绝命诗何其相像，何等气魄！

他拿起枪，投身二次北伐。

因要做一部纪录电影，才发现，夏明翰的背后有一位了不起的母亲。

他的母亲陈云凤，出身显赫。

她的父亲是清朝时期的进士、高官，民国时期的国会议员。做为家中长女，陈云凤从小备受疼爱，并受书香门第的文化熏陶，能诗善赋。

她18岁时由父亲做主，嫁给名门之后夏绍范。

夏绍范18岁中第，31岁由光绪帝亲授三品顶戴花翎，进封资政大夫，陈云凤因此被封"诰命夫人"。

夏绍范思想开明，在日本考察期间接受新思想，追随孙中山，成为辛亥革命的一员。陈云凤深受丈夫影响，接受了革命的思想。

夏绍范和陈云凤育有七个子女,却在年仅45岁时不幸病逝。陈云凤极其开明,她不要求孩子死读四书五经,鼓励读历史故事书,注重培养孩子们的正义感、爱国心。

夏明翰走上革命道路,就深受母亲影响。

陈云凤不仅在精神上支持孩子们革命,还变卖首饰予以物资上的支持。

她的家成了年轻人探讨救国就民的避风港,她也从一位"诰命夫人"成为一位革命者和英雄的母亲。

1922年,她当选为衡阳县参政议员,成为衡阳第一位女议员。

她的七个子女中有四位成为革命烈士。

夏明衡,湘南妇女运动领袖,1928年被敌人追捕,纵身跳下水塘,牺牲时26岁。

夏明震,湘南起义领导者,在哥哥夏明翰牺牲的第二天英勇就义,牺牲时21岁。

夏明霹,湘南学联骨干,衡阳游击斗争领导人,1928年牺牲时不到20岁。

夏明翰1928年3月18日被捕,3月20日即被杀害。临刑前,他大义凛然,留下绝命诗。

短短两个月,痛失四位子女,对一位母亲来说,怎么不是晴天霹雳!

但这位母亲异常坚强,她化悲痛为力量,继续为革命事业奔走呼号。

她不仅是孩子们的养育者,还是他们走上革命道路的启蒙者。她不愧为伟大的母亲!

夏明翰我们不能忘,夏明翰的母亲我们也不能忘!

她是中国妇女的杰出代表,在她身上体现着中国女性的优良品质。

她聪慧。

继承了中华文化的精髓,才思敏捷,诗词歌赋俱通,更通经史。

她随丈夫在江西游历期间,敬仰王安石、欧阳修等先贤,创办诗社,自任盟主,吟诗作赋,常语惊四座,为士大夫们所折服。晚年有两部诗集《严余吟》《衡越吟咏》和一部文集传世。

她明理。

对公公屈从权势,献媚军阀,极其看不顺眼,对公公保守的教育观念有清醒的认识,并敢于抵制、决裂。

她大义。

积极接受革命思想,鼓励支持子女为革命披肝沥胆。

不仅精神上支持,还变卖家产,予以物资资助。

她开风气之先,成为衡阳县历史上参政第一女性。56岁,带领女儿、外孙进入讲习所,三代人学习革命思想。

她高洁。

58岁回到离衡阳100多里的老家生活。由于她的知名度，一些所谓的社会贤达、党国要员，包括杀害她子女的刽子手，装出对她的恻隐之心。她断然拒绝这虚情假意的施舍。闭门读书，设馆教学，向贫寒子弟传授优秀中华文化。

她勇毅。

日军攻打衡阳，她以75岁高龄奔走呼号，为抗日将士募捐，共赴国难。以老迈之躯，昂首直面日寇刀枪。

中国女性之伟大，在夏明翰母亲身上体现得淋漓尽致。

中国女性前赴后继，推进中华巨变！

我大娘是三寸金莲，这个习俗据说从宋代就有了，大娘没法参加生产劳动，一辈子，在家操持家务、做衣服、做饭。

我姥姥要给我妈缠脚，妈妈受不了，亏得革命来了，号召妇女天足，我妈既参加生产，又给全家做衣服、做饭。

我一位堂姐，照顾半身不遂的堂姐夫18年，他竟没长过褥疮。我堂姐夫不幸中又何等幸运！

张桂梅，拖着满身的病痛，把多少贫困山村的女孩送进学堂，帮助她们成为知识女性，成为自己命运的改变者。

你我身边，有多少了不起又可爱的她！

向她们致敬！

她们使华夏血脉永续，使人间大爱永存！

飒爽英姿的王亚平，从太空向全世界女性发出三八节的祝福。

几天前,一场全国性的打击拐卖妇女专项行动开始,祸害妇女的毒瘤终将一一清除。

和她们一起向未来!

一个"电影术语"引发的联想

"渐显""渐隐"是电影中常见的转场技巧,正常的镜头按叙事需要,按镜头的不同景别直接衔接,术语就是"切",直接从一个镜头切换为下个镜头。

"渐显"指一个镜头由暗到亮,经逐渐曝光的过程,如同窗帘徐徐拉开;"渐隐"则相反,如同帘子渐渐合上,两者构成一对和谐的电影技巧,交代一个故事场景的开始和结束。

话说那年,我二十四岁,到了电影厂工作。

我的理想是当一名新闻记者,走南闯北,写尽天下悲欢,所以考大学时,选择的志愿是中文专业。那时,文学是社会上最时尚最受人尊敬的文化门类,一本书、一本杂志因某种机缘瞬间会成为街谈巷议,有心者想方设法,要一睹、先睹才为快。

在我心里电影比文学显得高大上,有去电影厂工作的机会,其他的选择一概失去了魅力。

这个电影厂带有"新闻"二字,我在老家上小学时,正逢县委书记一班人，带领家乡人民修水库、修渠、修路、修梯田、建工厂，力争三年改变家乡面貌，提出的口号是"先治坡后治窝"，号召全县人民学习一个小学生省下买冰棍的钱，也要支援水库建设的精神。

电影厂就在这时被惊动了，派人来拍家乡的电影。

1974年，纪录片《辉县人民干得好》上映，"辉县人的奋斗精神"在很多地方，尽人皆知，家喻户晓。

诗人郭小川也为我的家乡写过诗，印象中还进了语文课本。他说起我家乡的石头多：

"要是石头变成馍，全辉县人，保管一万年也不会挨饿"。

说起我家乡人和石头拼搏的故事：

太行山里，火星飞奔，沉烟漫卷

石头起落

人们把石头拍成水库

建立水库四座

人们把石头拍成地基

盘山公路通进山窝

人们把石头拍到地底

用好土把它们淹没

……

人们把石头垒成田堰

使梯田整齐而有规则

人们在这过去的石头滩上

获得了硕果

诗人的浪漫、激情在家乡人民的心窝里共鸣。

就这样，冥冥之中，注定的缘分，我来到了慕名已久的电影厂。

当时，名牌大学文科生是电影厂招工的首选对象，进厂之后，首先要熟悉电影工艺。

剪辑科是最适合的，它连接起了电影前期的拍摄、洗印和后期的制作加工的各个环节，于是剪辑科马师傅就成了我的电影知识世界的第一个领路人。

"渐显、渐隐"就是马师傅教我的许多电影知识中的一个，多年后，我还喜欢其中蕴藏着的人生哲理。

人的一辈子何尝不是"渐显""渐隐"的过程。

从父母相爱，个体细胞偶然间结合，孕育出独特的生命，从呀呀学语、跟跟跄跄到伶牙俐齿、健步如飞，人生正在经历一个"渐显"的过程。

"天生我材必有用。"

豪迈的理想、凌云的壮志，也要从知识的大门走进来，一点点的积累、成长、成熟，然后给你自由飞翔的本领。

这中间的一切，如同剧本排列，有定数和变量的函数。

定数是有的，所谓"生死有命"。变量的函数也是在的，不同的作为，影响函数值慢慢改变，所谓"我命由我不由天"。

人生就是一系列选择、努力的结果。

人生由幼及长,可分为几个不同的"渐显""渐隐"阶段,我曾用一首《四季歌》的诗来作比喻人生的不同阶段。摘录两段:

夏天的夜

流星雨频频的时节

蛙鸣蝉叫里

能听到小麦生长的声音

恋爱时光

情感飞扬

空气中弥漫着躁动的味道

夏人的青年

朝气勃发

幻想与欲望交织

无拘无束"

到了金秋时节,又仿佛人生到了中年,于是我这样形容:

红色抹上了天穹

那是收获的底色

累累果实

缀满秋的枝蔓

默默无言

发散出诱人的气息

秋是静美的

红包容了一切

秋人的中年

从里到外

流露出浑然一体的美

潇潇洒洒

……

春夏秋冬，四个"渐显渐隐"，分明有序。

人生四时，何尝不是如此，既鲜明又浑然一体。

"渐显"，要虚怀若谷，日日精进，百炼成钢。

"渐隐"，要世事洞明，知进知退，豁达圆融。

教我剪辑知识的马师傅已经离世，他朴实无华，待我特别亲切，常递烟给我抽，他长着一头自然卷发，用手动的推子给我理发，亲切地叫我"小郭子"。

拍《辉县人民干得好》的陈光忠老师，我在他工作过的办公室待过几年。

他编导的影片非常出名，比如《莫让年华付水流》《零的突破》在我同龄人中如雷贯耳，很多人会唱《莫让年华付水流》这首歌，并在它的激励下成长、生活。

在工作中，我和陈光忠老师成了忘年交。

他像年轻人一样地富有朝气，思维充满激情，仍惦念着曾经工作过的母厂。

大幕徐徐拉开,大幕还会徐徐合上。

但生命之树常青,如同江河不息地奔流。

劳动最值得尊敬

劳动节，是对劳动者罢工斗争争取自己权益的纪念，英勇的芝加哥工人不仅争取到了惠及全世界工人阶级的八小时工作制，还得到了让劳动者休息的法定假期，劳动及劳动者在这个节日里，享受到了空前的尊重。

每到岁末年初，每逢特大工程项目，都会评比出各级的劳动模范，戴大红花，发大红奖状，挂在家里最显眼的地方，全国劳动模范更是会在国家层面进行表彰，鲜红的绶带，金色的全国劳模字样，庄严的仪式，无不彰显着出色的劳动所带来的无上的荣耀。

作为普通的劳动者，则可在自己的节日里，依照自己的意愿，享受属于自己的假期。

劳动创造价值，创造幸福，越来越已成社会共识。

用劳动来过劳动节，是我庆祝劳动节的独有方式，这样的做法已延续多年，在我心里，没有比这更好的纪念方式了，从劳动中体会劳动的价值，享受劳动的成果，感受先辈们用劳动和英勇高尚的精神创造的物质和文明的世界。

作为中国人，热爱劳动、勤劳似乎就是我们与生俱来的特质和流淌在血液里的基因。

小时候听母亲讲故事，很多就是关于劳动和不劳动所产生的因果故事。

一个小孩子很懒，连吃饭都要他妈喂到嘴里才吃。

有一天，母亲回娘家，懒孩自然不肯去，母亲就烙了块大饼，挂在他脖子上，让他饿了吃。

几天后回来，发现孩子饿死了，胸前的饼吃完了，而脖子后的饼还完好无缺，原来这懒孩连转动下饼，都懒得动，直至饿死。

一只鸟勤快，爱劳动；一只鸟懒惰，贪玩。

勤快的鸟，在秋天开始搭窝准备过冬；而懒惰的鸟，只知贪玩。

冬天来了，勤快的的鸟有温暖的鸟巢；而懒惰的鸟则生生冻死了。

故事简单，却触动了幼小的心灵。勤快、爱劳动，是一个人幸福与否的基本素质，这样的讲述，寓教于乐，潜移默化。

更重要的是，父母那一代极其辛劳，给我们树立了人生榜样。

就拿我母亲为例，生养了我们五个子女，除了家里的家务活，还要参加生产队组织的生产劳动。

劳动之余，要给全家人做吃的；为孩子们做四季的衣服、鞋子。

那时，从纺线、织布、印染、缝制，每一步都是手工完成，人异常辛苦。

寒冷的冬夜，母亲在灯下摇着纺车纺棉线、一针一线缝制衣物的情景，如岳母刺字般刻在心里头。

我终生都会心疼那时万般辛劳的母亲。

穷人的孩子早当家，从小为母亲分担力所能及的事务，就成为我的骨子里的自觉。

小学，我是班干部，负责记考勤。我总是踩着预备上课敲钟的声音进入教室，老师说你能不能来早点，为其他学生做个榜样。我说，我得帮我妈喂了猪才出来，因为我妈太辛苦。

老师后来就换了别的班干部记考勤，对我特别理解。

现在卡着点的习惯还跟着我，总是忙着忙着，一看时间点儿很紧张了。

这就和少年时期的习惯相关。

后来有机会出国，发现那里的银行、商店，下班就关门，周末也和其他人一样打烊休息。对比国内的服务业，节假日还加班为顾客提供热情周到的服务，甚至24小时不休，不得不由衷佩服我们中国人的勤劳，同时对这些劳动者更加心怀敬意。

今年的劳动节，新冠疫情的阴影笼罩，北京停了堂食，停了影院,停了大型展览、文艺演出。倡导饭店制作适合外卖、适合家庭需要的预制菜品,以满足人们在家自己动手、庆祝节日的需要。

这个节,很多劳动者不能休息,他们在用紧张的劳动,保证城市的运转和安全,由衷感谢这些辛苦付出的人们。

在这个节,既然闷在家里,家务劳动也会产生别样的乐趣,从做餐食、洗衣、擦地、收拾卫生、看邻里兴致盎然地打理窗前的一片花花草草,这些细碎的劳动,使散乱变得整洁、卫生,使寻常变得充实、有价值。

遂写这篇短文,以记之。

愿岁月安好!新冠疫情早些被控制!

"身""心"是最大的财富

大千世界,眼花缭乱的财富中,人拥有什么最珍贵?

有人会说以有"钱"为最,有"钱",可以买到想要的一切;有人会说以有"权"为最,有"权"可以呼风唤雨、能配置人和物的流动,这种感觉最让人愉悦。

其实从根本上说,拥有健全的"身心"最为珍贵。

之所以这样说,因为"权"和"钱"都是人创造的,"钱"和"权"是身外之物。

人,赤条条来,赤条条去,最先和一辈子拥有的是自己的"身""心",通过健全的"身""心",得以拥有其他,得以感知在大自然和人类世界生存过程中的无穷乐趣。

"身"即身体发肤,受之父母,父母给了我们生命,是我们在人世间的最大的恩人。

不管高矮美丑,我们都是一个个鲜活的平等的生命,是芸芸众生中的唯一。视觉、听觉、味觉、感觉,加上超强的学习和手脚能力,让我们拥有在这个奇妙世界里的顶级地位。

生而为人，实属大幸。

一位朋友把"身"比做一台计算机的硬件，把"心"比做它的软件，听后不禁击掌称妙，连连附和。

"身"是先天的，在父母的关爱呵护、天地间食物的滋养下，我们的身体一天天成长、成熟。

"心"是后天养成的，父母作为第一任老师，教给了我们做人和生活的基本知识。

其后，"身""心"的掌管、更新就在自己手里了。

可以怀有"天生我材必有用"的自信，但"身""心"的健康、和谐、富有，还靠每个人自己的修养、精进。

"身"是革命的本钱，是一切的根，所以健全的发育、成长，让身体强健是自己的第一职责。

对"身"负责，就是报恩父母的养育，就是对家庭、对社会回馈的保证。

"硬件"硬了，才能更好地装"软件"。

要装的东西太多了，几千年的人类文明史蕴育了蔚为大观的精神文化财富，可以装"仁、义、礼、智、信"，这是做人做事的传统精华版；可以装"平等、自由、博爱"的人类文明价值，这是人类社会摆脱丛林法则的精神武器；可以装我们提倡的"核心价值观"，这让我们在同一个国度里，朝着共同的目标凝心聚力。

当然还得装自己赖以生存的专业知识、技能。

从朴实简洁易记的角度，人心当装进打底的不可或缺的有这样的几件东西。

第一是"善"。"善"和"恶"相对。人之初，到底性本善，还是性本恶，至今还有争论，但追求"善"，无疑是人类一切追求的最高道义标准。有"善"才能少恶、除恶，有"善"，才能有公平正义。

倡导乐善好施是一切进步文化的底色，也是一切文明教化的民族做人行事的基础。

善有善报，恶有恶报。时间站在善良一边。

所谓良善之家必有余庆，良善之人必有厚报。

第二是"智"。"智"和"愚"相对。"智"是人后天成长中获取的知识和理性思维的集合。"智"需要从书本中学，从实践中学，从身边人学，所谓世事洞明皆学问，人情练达即文章。

一个有"智"的人，可以迎接世间艰难困苦的磨炼，在人生的风风雨雨中描绘心中彩虹。

一个有"智"的人，具有丰富的创造力，会让世间变得美好、和谐。

一个有"智"的人，才能跳出蒙昧。

第三是"勇"。"勇"和"怯"相对。"勇"是人面对困难、邪恶挑战，奋不顾身，敢于亮剑，敢于较量的精神底气。

面对恶劣的自然状况，面对人性的卑劣，面对社会的不完善,"勇"让人抗争、让社会进步、让人间充满希望。

"勇"让人有"生当作人杰,死亦为鬼雄"的豪迈。

"勇"让国难时有"一寸山河一寸血"的顽强。

"勇"让人有"泰山崩于前而面不改色,黄河决于口而心不惊慌"的气度。

"善""智""勇"作根基,生命之树必然茂盛长青。

"身""心"的历练精进是一辈子的事,所谓活到老、练到老、用到老也。

目的是达到"身""心"合一、和谐,进而实现天人合一、物我相融的自在状态。

虽然新冠疫情还未消散,但随处可见快乐天真的儿童,他们的疯玩是天性里的自然流露,纯粹的简单的形式中充盈着的是快乐、自在、健康。

路边、公园、小区,随处可见爱"身"的人,有鹤发童颜的,有朝气勃勃的,也有病怏怏的。

跳集体舞的、练太极拳的、踢球的、练剑的,无论何种,玩的都是爱好,显现的不仅是技艺,还有对人生的由衷的爱。

现代人是幸运的,"身"出了毛病,有医学科技保驾护航,医院就像人的4S店,总是熙熙攘攘、川流不息。

随着生物技术、基因技术、医疗技术的进步,人活百岁不再是梦想,身边的长寿老人越来越多,这是社会文明进步的恩泽和标志。

"身"健了,"心"也要健,身心合一,与时俱进,才能拥有完美人生。

反之,"身""心"的分裂、扭曲,做出不可挽回的事,总令人扼腕、唏嘘、心痛。

人人追求"身""心"的进步、完美,我们的家、国也会日益进步并臻于文明、美好。

"师"之于心

每个人心里都会有喜爱敬重的老师。在心灵的深处,他们其实未曾远去。

尊师、敬师是中华文明的重要组成部分,两千多年前,"天地君亲师"就成为人们祭拜的对象,"师"和天地君亲并列,可见中国人心目中"师"的地位。

正如唐代大学问家韩愈说,"师者,所以传道授业解惑也"。

老师是带领我们踏进人类文明大河的人,像疏浚者,使细小的泉眼挣脱羁绊,汩汩而涌;像园丁,培土浇灌,呵护弱小的树木长大成林;像蜡烛,照亮了我们混沌起步时的路。

我小学时的班主任老师是一位腿脚不好的年轻人,据说小时候得过小儿麻痹症。但他很聪明,教学生很有一套办法。

我8岁上的学,因生日小,当老师的父亲说,就多玩一年再上学吧,要不在班里就是小的,容易出现跟不上或受大孩子欺负的现象。

晚一年上学的我成了班里年龄大的、学东西最快的学生,成了老师学生眼里的"红人"。那时因为教的东西太容易,我常常借"病"逃学，回到学校，不仅马上就能跟上，成绩还是数一数二，渐渐地我也骄傲起来。

一次期中考试，看看卷子，都是自己掌握的内容，三下五除二，答完了试卷就争强好胜地要交卷子。

老师说，你确定检查无误了吗？我稍做迟疑，快速浏览了下，还是交了卷子。

公布成绩的时候，老师第一个就叫我到前面来，让我看卷子的分数，99分。

由于想争第一个交卷，不顾老师提醒，匆匆忙忙地交了卷子，居然忘了老师要求的每道题计算完后，要有总结作答，所以被扣一分。

站在那里，脸红了。

老师严厉的要求和对我骄傲自满的批评，顿有醍醐灌顶之感。

"谦虚使人进步，骄傲使人落后。"

"世上最难二字就是认真。"

……

老师的话在耳边回荡……直到现在，回想起来还言犹在耳。

回家说到挨的批评，父亲也站在老师一边，说"宽是害，严是爱"，要养成谦虚不自满的好习惯。

于是改邪归正，彻底心服。

转眼上了初中，班主任郭老师个子高大，不严自威，但心底里对学生特别关爱。

他教语文，讲比较难的语法修辞都非常清晰，讲如何使用"的""地""得"；如何区分舌前舌后音；如何总结提炼一篇文章的中心思想，分析论点和论据；如何给一篇作文选题立意，循循善诱，不厌其烦。

他还让我和班长轮流监督同学的自习课，让学生们学会提升自我管理能力。

尽管不时有"交白卷的英雄"，有"造反有理"的典型干扰正常教学，但我的这位班主任对我们的要求一如平常，不乱方寸。

1978年9月，全县招高中生要统一考试，验证了老师的超前的眼光。我们班有三名同学获得了进入全县最好的"第一中学"学习的资格，这是对我这位班主任老师教学能力最大的奖赏。

进入高中阶段学习，正是国家拨乱反正、万象更新的时代，改革开放的春风吹拂下，文学领域成为一道思想解放的靓丽风景。

时任班主任孙老师鼓励大家在学好功课之余阅读些课外书，并协助同学们订阅了《中国青年》《解放军文艺》《奔流》《小说选刊》等杂志。

有一天晚自习时间，他给同学们朗读起新发表的名为《第二次握手》的文学作品，他用的是普通话，特别富有磁性，随着故事的进展变换着抑扬顿挫的节奏，受到了同学们热烈的欢迎。

孙老师个头中等，目光却炯炯有神，他的风度和学识让我和同学们特别佩服，班集体在他的带领下，生机勃勃，有股不服输的劲头。

他沉稳而不乏激情。无论问到任何问题，都能给学生建设性的答案。

后来孙老师因故调到其他学校工作，由教语文的郭老师接替他。

郭老师发现我的语文成绩不错，眼睛里流露出赞许的目光。

临近中秋的一个晚上，他来到自习课堂上，让我跟着他到了一棵飘着幽香的桂花树前。

"你仔细观察下，闻闻这树的花香，看是否能试着写篇文章。"

那时的我，处于懵懂求学的状态，没能按老师的期望写出一篇描写桂花树的文章，但他的期许、启发，让我久久难忘。

临近高考，有次上作文课，郭老师布置一篇以雷锋精神为榜样的议论文，特意让我到前面黑板上写这篇作文。

老师的举动前所未有，他是真心想看看心爱的学生到底实力如何。

众目睽睽之下，我稍加思考，用粉笔在黑板上疾书起来。

老师在看着自己，同学也在关注着自己，我要写出老师在桂花树前对自己的期许。

下课时间到了，我写完最后几个字，郭老师点点头，露出了欣慰的笑容。

那年的高考，我未辜负郭老师的期许，作文得了高分。以地区状元的身份进入北京大学学习。

县一中师资力量雄厚，老师们大多学识渊博、风度翩翩、作风朴实、诲人不倦。他们是我学生时代的偶像，我最大的心愿，就是做老师那样的人。

学习是终身大事。进入社会后，学习的方式变了，老师的含义更广了。

以天地为师，知悲悯情怀，养浩然正气。

以贤者为师，知耻而后勇，图练达精进。

以文明为师，知进取大势，容天下众生。

处处留心皆学问，能让你长进增益的无不可为师。

1985年，全国教师节设立，教师彻底摆脱了"臭老九"的地位，人们也日益认识到了教师在实现社会进步方面的基础性作用。尊师重教蔚然成风。

幸运的是，新进门的儿媳是位优秀的学校老师，真是由衷地觉着高兴。

我的"忘年交"朋友

人的一生中，有各种各样的朋友，有的朋友是发小，从小光屁股一块长大，可以两肋插刀；有的是同学，在几十号人里，惺惺相惜；有的是扛过枪的战友，有过生死相依的经历。

朋友年龄相当，可以有共同话题，朋友年龄差距大，并不妨碍友谊的形成，反而因为年龄相差的原因，会形成莫逆之交。

在中国文化里，年龄相差 30 岁以上的朋友，称为"忘年交"。在工作中，我也结交了几位"忘年交"朋友，他们的为人处世、精神品格令人钦佩，这种友谊成为我人生中一笔宝贵财富。

陈光忠就是我的"忘年交"朋友之一。

还在大学学习时，就听过他任编导的纪录电影《莫让年华付水流》的主题歌，由当时著名的歌手王洁实演唱，由于电台经常播放，加上歌词朗朗上口、富有哲理，我们同时代的人几乎都能哼唱几句：

啊，年轻的朋友

青春的脚步，

似行云水流，

生活的道路，

靠我们探寻和探究，

莫叹息，莫停留，

莫叹息，莫停留，

拨动那含情的琴弦，

扬起那希望的风帆。

趁风华正茂，

莫让年华付水流，付水流……

若干年后，没想到会和这部电影、这首歌的作者陈光忠成为同事。

报到后，我的办公室分在了三楼，同办公室的一位老导演告诉我，分给你用的这个桌子陈光忠导演曾经使用过，好好努力，争取也做一名优秀的纪录片编导，顿时感觉有几分巧合和天意。

在入厂培训、观摩以往优秀纪录影片时，陈光忠编导的《零的突破》《美的呼唤》影片也在观摩之列，通过影片，使我对陈光忠老师有了更深入的了解。

后来在院子里看到了他，典型南方人身材，腰杆挺得笔直，步履轻快，人十分精干，透过一副精致的黑边眼镜，他的目光显得特别有神。

我入厂后不久,他调任中新社任副社长兼南海影业老总,在新的岗位,他策划主持了多部有影响的故事片、纪录电影,陈老师成为纪录电影界的翘楚。

和陈老师搭档过的潘星导演,那时正在进行唐山大地震十周年的影片《一瞬与十年》的后期制作,我们也在剪辑科进行实习,常常在一起聊天,话题也会聊到陈光忠老师身上。

从聊天中得知,陈光忠有深深的新影情结,作为向往革命的热血青年,他1950年从香港回到祖国参加纪录电影工作,当过解放海南岛时的战地记者,此后一直满怀激情在新影厂从事着纪录影片的编导工作,尤其是进入改革开放时期,他的创作才华呈井喷式爆发。

从中新社领导岗位退下后,除了继续从事他热爱的纪录影视编导工作之外,从2003年担任纪录电影《走近毛泽东》的艺术指导开始,他陆续担任起新影厂多部纪录影视片的艺术指导,满腔热忱,贡献着他的经验和才智。由于我此时已担任新影厂副厂长,我们这个时期的交往更多了起来。

一场大暴雨,加深了我们之间的友谊。

那是2004年8月的一天,陈光忠老师来新影厂参加纪录电影《小平您好》的审片,结束时已是中午一点左右,此时,天空乌云密布,是一场大雨将要来临的征兆。

人们急急忙忙地告别,都想趁大雨前赶紧回家。

正要开车回去，发现陈老师回家的车没安排妥当，我当下就和陈老师说，跟我走，顺路。

上车时，已有雨点，开出去不到几分钟，密不透风的雨不仅使雨刷器忙不过来，连前方的路都快看不清了。

好一场突如其来，威力无比的雨。

幸亏我们已在车里。

到了他家附近，正常情况下，把他放在路边，他就可以溜溜达达，走几分钟的路回家，但这雨下得这么大，我坚持围着他的居住地绕了一下，把他送到家属院的门口。

这时返家的路，水已积得很深，往南走，车轮前一片汪洋，往北走，车子排成长龙，显然，前进的路上已是困难重重。

瞄准一个空当，我把车子向左转弯，停在了甘家口商场后面的停车场上，进了一家饺子馆避雨。

饥饿感上来了，摸摸衣兜，幸亏有些零钱，点了一盘饺子和拍黄瓜，一边充饥，一边等待雨势减弱。

这场雨使北京成了汪洋泽国，雨停后，我步行到饭馆南侧的阜成路主路上，看到水没过行人膝盖，有不少的车，因发动机进水而抛锚，停在路边，非常狼狈。

只有等水退。一直等到下午七点多，我才开车离开避难地回家。

陈老师得知我送他回家后被困外面的情景，非常感动，特意给我写来一封情真意切的感谢信，说，你能在大雨滂沱之际，先把我送回家，而你却被雨困在外面那么长时间，够哥们。向我表示深切谢意，说以后愿意交你这个朋友。

之后和陈老师的合作越来越多。

新影厂的许多重点纪录片，我任策划或监制，他任艺术指导或顾问。

从陈光忠老师身上，我获益很多。

首先，学到的是他的激情。每次开创作会讨论选题，他都准时而来，积极发言，知无不言，言而有物，始终对创作保持着一种热情、激情，无论是谁，只要找他谈创作，求帮助，他都毫不吝啬，让思想迸发出亮闪闪的火花。

这激情使他保持着对纪录片界的全方位的了解，谁在做什么选题，又有哪些有新意的作品推出，新影厂怎么能扬长避短，发挥独特优势，他的见解往往超前老辣。

男人爱美，陈老师也不例外，他把目光投射到女编导的作品之上，为新影厂出现了不起的半边天群体而摇旗助威。

他曾专门写下一篇文章《她们的力量——致新影女编导们》，文中说：

> 女编导们已成为新影集团举足轻重的中坚力量，出类拔萃的"SHE"已经不是个体，而是一个强大的群体，是她们体现现代女性的开放性、独立性、自主性和创造性，她们女性的温柔与刚毅、不惜付出体力与精力的透支，她们的荣誉和收获，忽悠不来、包装不来、等待不

来、梦想不来，而是千辛万苦熬出来，千锤百炼炼出来的，充分显示她们的敬业精神、专业实力和学术水平……世界因她们而美丽。

很多纪录电影同人都因此和陈老师保持着密切的联系。

其次，是他的随和。有智慧而不咄咄逼人，总是和你举例子，启发联想式的聊天。在他身上，看不到纪录片著名导演、曾任中新社高层领导的想象中的"架子"。他就是平易近人的长辈、同事，和他在一起，会有如沐春风之感，让人没有戒备，非常舒坦。

最后，他是我和后辈淬炼"四力"的榜样。几十来，他活跃在创作一线，他参与创作的作品可以列出一串长长的名单。

最近刚刚收到他的新著《萤光集》，许多文章都是他退休之后写的。

回想近些年的交往中，他经常会提到某部片子不错，准备写一篇文章。有时，他会说，有一篇文章写完了，寄给总编室宣传组了，你也帮着看看。

看到的陈老师的手稿，干净整洁，笔迹刚健，又有种飘逸的风骨。字如其人，他总是启发后辈要有创新力，体现鲜明的个性特征。

"眼力、脑力、笔力、脚力"最能体现一个新闻从业者的素质，作为前辈，他无疑为后来者树立了人生标杆，虽九十有二，但他经常拍些生活照给我，照片上，我的"忘年交"，精神矍铄，富有朝气，我经常和同事说，陈老师就是我辈楷模，他的心比有的年轻人还青春呢。

2019年，我策划创作文献纪录电影《岁月在这儿》，陈老远在香港，但他仍以艺术指导的身份，深度参与创作。他为影片写下了这样的定位语："这不是七十年的大事记，时光无痕，沧桑有迹。（我们）撷取经历过的生活片段、碎片乃至瞬间，定格我们心中。你我的喜怒哀乐溢露着国家表情，你我的酸甜苦辣伴随着岁月风霜。"

几乎每天他都要和我或组里的人通话，提示我们要看哪些影片，有哪些代表时代的经典镜头。他作为新影厂早期的创作者，就像一本熟悉新影影视资料的"活字典"，他推荐的像改造农田的工地上"拉平板车腾空飞跑的建设者"及"数钞票技艺比赛、缝纫机绣花比赛""红旗渠飞人除险"等经典镜头用在片子里，效果非常好。

我们常常在语音中，一聊就是半小时、个把小时，我夫人后来都知道聊得时间长的肯定是陈老师。

影片获得第33届金鸡奖提名，他特别高兴，他说这部影片是在新影厂最难的时候，又是在国庆70周年节点上，新影厂的扛鼎之作，实属不易。

他这样写道："《岁月在这儿》不仅是中国人民奋斗史的一段纪录，也是中华民族心灵史的一段写照。

"七十年，中国在刀锋和荆棘中走过来。

"但愿《岁月在这儿》能给大家带来一点感动、感恩、和感慨,带来一点思考和奋进的力量。

因为岁月在这儿,初心在这儿,人民在这儿,中国在这儿……"

一如往日的激情澎湃。

有陈老师这样的"忘年交",值得庆幸,在他身上永远有一股劲头,一种精神,激励你无论何种境况都鼓起勇气,砥砺前行。

我和我的同事

大学毕业后，有缘当了一名新闻纪录电影记者，心中的那份高兴劲儿了就别提了。

在电影厂，记者有两种，一种是负责采访、收集素材、确定拍摄内容、撰写拍摄脚本、负责影片制作全过程的记者，习惯称为"编导"，即编辑加导演之意；一种是专门负责摄影技术和艺术的摄影记者，习惯性地称为"摄影师"。

外出拍片时还要有辅助工作的录音师、照明师、制片主任、助理等一行人马参与，比起单纯的文字记者或摄影记者来，电影厂的记者阵仗显得有分量，动静大，因此进入的门槛也高，不是专业学校培养或名校毕业，很难进入这两种记者之列。

第一次外出采访拍片，初出茅庐的我既兴奋又忐忑，部门吴主任特意派了一名老摄影记者和我搭档，说，你是大学生，编导方面的能力没有问题，在工作中慢慢提高，我给你派的摄影师老吴，五十多岁，在地方摄影站工作多年，摄影经验丰富，不仅能保证摄影技术上达到要求，还会在编导业务上给你帮助，多虚心、多沟通，把第一步走好。

老吴个子不高，体态因为肚子大显得有些臃肿，但人特别好，摄影技术功底深厚，1964年曾被评为文化部十大优秀摄影师。新影厂曾经在北京之外设了22个摄影记者站，他长期工作生活在福建记者站。和我见面，一点也不摆老摄影师的架子，因为刚从外地进京，他也和我们新进厂的大学生们一样住在办公楼的五层，随他进京的还有老伴和一双儿女。

老吴炖红烧肉手艺和摄影技术一样高，合作熟识之后，我常常在他那儿打牙祭，他一家人极其热情大方，每次都让我多吃几块，那肉烧得确实是香而不腻。

"干记者这行，可辛苦了，你和他处朋友，可要有心理准备哟。"

老吴见到我当时还未结婚的妻子，半认真、半开玩笑地聊起来。

"怎么个辛苦法？"她也顺着聊。

"有女不嫁记者郎，一年四季在外忙，好不容易回来了，跳蚤虱子带上床。"

"不光工作辛苦，还有生命危险呢，我们厂有好几位烈士呢。"

老吴滔滔不绝地讲起了记者的种种甘苦，其中不光讲到他提到的烈士，还拿自己现身说法，说工作起来根本顾不上家，他的三个孩子，全是靠老伴照顾、带大的。

"那当记者有什么好处吗?"

"好处嘛,见多识广,受人尊敬。"

老吴说,别看记者没有官位,但记者有一个别称"无冕之王",见官大半级,因为我们不仅是我们自己,我们代表的还是工作的新闻单位,还有爱看我们电影的众多的观众呢。

确如老吴所说,纪录电影在中国有着非常辉煌的历史,我们小时候看电影之前,都要看"加片","加片"最多的就是"新闻简报"。而"新闻简报"就是我们电影厂的标签。

"越南电影飞机大炮,朝鲜电影哭哭笑笑,罗马尼亚电影搂搂抱抱,中国电影新闻简报。"这段顺口溜形象地道出了20世纪六七十年代中国电影的状况。我和未婚妻自然为我能在这样的电影厂工作而高兴,至于老吴说的那份辛苦,多年以后果然应验,成为妻子常常"光火"的一个重要因素。

刚参加工作的我,在摄制组里最年轻,但又是组里的领导。那时实行以"编导"为中心的运行体制,最小的我成了组里的"头儿"。

组里的照明师年岁也不大,主动当起我的参谋,比如建议我怎么显得成熟、有派,怎么让人能更重视你"这个年轻的头儿"。

"兵熊熊一个,将熊熊一窝。"他还用上了激将法。

在这样一个集体里,我得以快速成长。

和我一起工作期间,老吴摆好构图,都会让我从取景器里看看电影画面，会告诉我镜头推拉摇移的运动设计，会调动被拍摄对象怎么配合。

灯光师会告诉我布灯的设想，加不加滤纸，各种光线的效果，我想帮他干些活儿，只要有别的人在，他就不让我动手，要维护我的"范儿"。

组里的人干起工作来，有股狠劲儿，一个镜头一个镜头认真地拍，从不马虎。当时拍摄使用的是进口的电影胶片，价格不菲。

拍好后，回去冲印，洗印部门会进行技术审看。

焦点虚、曝光不足或曝光过了的，就会被打上不合格的标记孔，这些标记孔一旦出现得多，会有人脸上发红，结果可能很严重。

部门主任经常会和前期摄制人员、后期的剪辑师一起看洗好的样片。

"俊丑要见公婆"，谁的责任一清二楚，所以那时电影厂所有人对工作的投入感和责任感非常强。

每每出去工作都会赢得拍摄对象赞誉。电影厂也时常收到各种表扬信、感谢信。

组里的人也很团结。

有一次航拍晋陕黄河峡谷，用的是双翅膀的"安24"飞机，因为飞得低，又要按设计飞出不同镜头的运动感，很容易晕机。

随队的音乐编辑老叶年纪较大，身体也不好，可以不上飞机。

但他说，我们是一个集体，要同甘共苦，不能因为危险，就安心待在地面。

上机后，他果然晕机严重，几圈后就瘫在椅子上。

事后他花了很长时间才恢复过来，但他非常自豪，说我没掉队，我参加了组里的航拍，我们始终在一起。

后来，他英年早逝，很是惋惜。

还有一次要拍一位即将进入中央工作的某省省委书记的采访。

按约好的时间到达拍摄地，已近吃饭时间，书记让我们先吃饭，再拍摄。但考虑到布置环境、灯光、机位比较耗时，又是新环境，我决定，先进行拍摄准备，然后等书记饭后，即可进行拍摄。组里同人愉快服从安排，没有任何人提出异议，书记得知我们饿着肚子工作，连连称赞，夸我们作风过硬。

做电影厂的影视记者最自豪的就是用镜头记录下了事件的真实影像，拍过的镜头都成为国家历史的珍贵记忆，因为历史不可复演。

"国家历史的纪录者和典藏者"既是我所在电影厂的职责定位，也是我们影像记者心里始终的追求。

国家的重大活动，上面自然会下达任务，认真去完成就行。

最能体现这份责任的是有时并没有上级的指派，而由我们出于记录者的使命，主动策划抢拍的活动。

比如，我的前辈在周总理逝世后，不顾"四人帮"的阻拦，拍下悼念周总理的大量镜头，粉碎"四人帮"后才得以编辑出品纪录电影《敬爱的周恩来总理永垂不朽》。

比如，1987年大兴安岭火灾，摄影记者冒死拍摄下《火的考验》。

比如，1998年大水灾，我们的记者和八一厂联合组建团队拍摄整个抗洪历程，留下纪录片《挥师三江》。

比如，2003年非典突如其来，我们迅速统一思想，组建团队，在电影局支持下，拍摄抗击非典的纪录电影《灾难时刻》。

比如，2001年，申奥宣布之夜，派出几路摄影记者，抢拍世纪坛和天安门的群众集会的场景；之后组建专门团队，用摄影机跟踪纪录奥运进程，出品《筑梦2008》；由于中国纪录电影人的努力，实现了我和我的同人拍摄北京奥运会官方电影的梦想。

……

比如，2020年新冠疫情暴发，新春假日里，派出三人小组奔赴武汉第一线，摄影记者和导演不顾生死，六十多次奔赴"红区"，拍下大量第一手镜头，为出品全程纪录武汉抗疫纪录电影《一起走过》打下坚实基础。

摄影记者的身影始终紧贴祖国大地，一颗心和着祖国的脉搏一起跳动。

在纪录电影《一起走过》上映之际，我写下一首诗《致敬我的同事》，表达我一个老记者对我的年轻同行的敬意。

你们记录下的

每个人都了不起

众志成城顽强拼搏

才换来樱花盛开的又一个春天

在汉阳门的歌谣里

致敬我的同事们

你们在武汉的身影

都藏在这一帧帧画面的背后

你们也是勇士

我用诗和真心

为你们点赞

我从毛头记者小子加入这支队伍，到即将退休的资深纪录电影人，虽然中间遇到无数困难和挑战，但青春无悔，丹心常在。

"虚""实"之间

"虚"和"实"是生活中的一对孪生兄弟，稍加留意，就发现它们似乎如影随形，无处不在。"虚""实"的含义很多，本文里"虚"指的是一种弱小，"实"指的是一种实力、强大。

我和哥哥相差六岁，能跑能玩的时候，差点儿成了哥的跟屁虫，哥有他同龄的伙伴，对我这个跑不快、跟不上他们节奏的弟弟，有时让我跟着他们玩，有时就有点儿不耐烦，找个借口，就把我晾在一边，偷偷和伙伴们野嗨去了。

实力不均衡，确也有玩不到一块的地方，比如他们撒开欢儿跑的时候，我就会大叫着，拖他的后腿。

"状"告到母亲那儿，母亲就会说哥一通，劝哥带着我玩，有时哥的辩解奏效了，母亲会安抚我一番，让我跟年龄差不多的孩子一块玩儿。

但哥的圈子玩儿得显然比我的同龄人更高级些，跟哥玩儿的吸引力自然更大，尤其是他们中的一位弄了本《三国演义》，圈子的魅力又添了几分。

第一次从他们那儿听到了诸葛亮、关羽、刘备、曹操的故事，令我感到震惊、神奇。

那时，《三国演义》不是可以公开看、公开讲的，他们躲躲藏藏，搞得虚虚实实的，弄得我这个"旁听生"格外心痒。

诸葛亮的"草船借箭"和"空城计"，巧妙地用智慧让面临的"虚""实"境况发生逆转，其中的哲理令人叹服。

"草船借箭"发生在赤壁之战前夕，周瑜让诸葛亮在十日之内赶制十万支箭，诸葛亮明知周瑜用心叵测，却表示只需三天，并立下军令状。你说当年的我听到这儿，怎能不急，怎不为他捏着把汗？

诸葛亮却不慌不忙，向鲁肃借来二十只裹着青布和捆着草把的船。

前两天里诸葛亮悠哉游哉，没有任何着急的表现。

第三天夜里，江面起了大雾，诸葛亮遂邀鲁肃一起去曹营取箭。

船队渐渐接近曹操的水寨，诸葛亮让士兵将船一字摆开，横于曹军寨前。并让士卒擂鼓呐喊。

由于曹军看不清江面情况，曹操便下令士兵朝江面射箭。箭纷纷射在草把和青布之上……等到船的两面都插满箭后，诸葛亮的军令状已圆满完成。

孙刘大军实力虚弱，可诸葛亮变"虚"为实，大雾中，曹操不明诸葛亮进攻的"虚""实"，不敢妄动，只能实实在在地奉送了十万支利箭。

听到人大喊"谢丞相送箭"，曹操怎能不气得吐血？！周瑜见诸葛亮完成了不可能完成的任务，怎能不仰天长叹"既生瑜何生亮"？！少年的我又怎能不由衷佩服、连连称奇。

还有空城计这故事，年少的我听来，也是惊心动魄。

话说马谡失掉战略要地街亭后，司马懿乘势引大军15万向诸葛亮所在的西城蜂拥而来。

此时诸葛亮身边只有一班文官，所带领的五千军队，也有一半运粮草去了，只剩2500名士兵在城里。

众人见状大惊失色。诸葛亮登城楼观望后，说：不要惊慌，我自有叫司马懿退兵之策。

于是下令士兵收起军旗，秘密隐藏起来，把四个城门打开，每个城门派二十个兵士换成百姓装束，打扫街道，自己带领两个书童，在城门楼上焚香弹琴。

司马懿的兵士到了城下，大感疑惑，马上报告。

司马懿让三军等候，自己飞马上前，果然见诸葛亮笑容可掬，冷静沉着，焚香弹琴，一旁一个书童侍立。

琢磨一番，随即传令三军后撤。

众人问诸葛亮如何知道司马懿就会退兵？

诸葛亮答曰，司马懿知道我平生谨慎，我这架势一摆，他可能怀疑我有重兵埋伏，所以才急急退兵。

众人佩服得五体投地。

正是"瑶琴三尺胜雄师，诸葛西城退敌时"。

诸葛亮的守军兵力虚弱是实，但诸葛亮足智多谋，善于用兵也是实。司马懿虽拥兵15万，却在一座诸葛亮盛名加持的空城前乖乖退走。正是"虚""实"在一定条件下转化的鲜明例证。

生活中，我们每个人，都有"虚"的弱点，也都有"实"的长处，这就启发我们，需要清晰地了解自己，做起事情来要扬长避短。

知道了自己的短处在什么地方，通过历练、学习，不断地弥补自己的短板弱项，使自己"虚"的地方渐渐"实"起来。

小到个人，大到国家，都有一个不断克服"虚"，渐渐"实"起来的过程。

"虚""实"之间的较量，在各种条件加持下，都会发生各种奇妙的变化。

所谓"得道多助、失道寡助"，"自知者明"，"知耻而后勇"大概说的就是这个道理吧。

一个值得敬重怀念的人

今年的中秋节，心情不同一般。悲喜交集。

一大早，微信里就充满了亲朋好友节日问候的文字、图片，在新冠疫情又出现反复、多地散发的时刻，人们对节日里的烟火气息、对亲人朋友的惦念愈加显得真切。

我心里却有几分忐忑和挂念，昨天夜里，望着窗外的几乎圆了的月，临睡前还想着给躺在病床上、已上了呼吸机的老领导——原中央新闻纪录电影制片厂副厂长张建华发条怎样的信息，能恰当地表达我的心情，给他带去病痛中的安慰。

上午十点多的时候，接到了原新影厂厂长李建的电话，说张建华同志已于凌晨四点多辞世，他是从一个小群里得知的消息，电话里我们俩回忆了近期和他交往的情形，都说之前见他的时候，人还很健朗，看不出有什么不妥，没想到突然就病得这么厉害，这么突然就永远天人两隔。和他搭班子是搭得最好的……李建的话发自心底。

他是一个值得敬重和怀念的人，虽然家属还未正式发布消息，但很多同事陆续知道了他离世的消息。

"老厂长张建华走了……"

"参加过几次老厂长主持的审片会，在胶片或者录像带放映完后，他总是先让在场的各位发表看法，最后才说自己的意见，非常尊重摄制组的创作人员。"

"张建华老厂长一路走好！低调、廉洁、平易近人、专心敬业，难得的好人！"

"李建当厂长时几部文献片都是他召集创作队伍摄制的，平易近人、有亲和力。除了埋头工作其他无所求，职称、待遇什么都不要。活得本真、低调、俭朴，是不可多得的好领导。"

"1984年跟他在上海的金山县拍摄《金山农民画》的情景历历在目，仿佛就是昨天发生的事……"

曾经的编辑室主任陈利国和音乐编辑郭融融夫妇特撰挽联并请群里同事想法转给他的家人。

"挽 张建华兄：

一生无求但尽职

名不惊人可泣歌"

"心目中永远的帅哥"

……

电影厂同事关系融洽，没有那么森严的等级观念，虽然他是主管艺术的副厂长，但大家都习惯叫他"张厂长"。

虽在新冠疫情之下，很多同事都在打听，何时何地能送他最后一程。

在浓郁的哀思里，张厂长的几件往事浮现在脑海。仿佛电影镜头般清晰可见。

镜头一：

他爱抽烟，烟瘾还不小，有时一根未灭，又续上了另一根。

工作压力大，要保持头脑清醒，烟能提神。他曾在一次外出开会时说起过他的抽烟史。

当"三五""希尔顿""箭牌""红塔山""阿诗玛"流行起来时，他手里的烟总是"长乐"，偶尔是"牡丹"。

"自己抽，习惯了。这样的就挺好的，别的抽不惯。"他这样说。

镜头二：审片结束，已近中午。摄制组请他在外面吃个饭，他坚辞不往。不吃摄制组的请，但摄制工作中的困难，他总是不厌其烦地协调解决。

镜头三：1998年，当《周恩来外交风云》《丰碑》两部纪录电影在紧张进行时，他和厂长李建下班前总要往制作楼拐个弯，问问进度，看看新编的片段，提出自己或肯定或中肯的建议。

有一次，他和组里研讨史实部分，领着主创仔细学习胡绳主编的《中国共产党的七十年》，尽管都过了饭点儿。

镜头四：新影厂的电影资料镜头能不能出售，别人用了，会不会影响自己出品的影片？在大家意见不一时，他说，这些影片是新影厂的,也是国家的,理应支持别的制作机构使用,适当付费。我不担心别人用多了会影响我们制作影片。关键在于使用这些影片资料的角度和深度的解读,熟悉的资料也可有新意。

镜头五:当我从一个不懂纪录电影的新手到有十年创作经验,正得心应手做影片创作时,他和李建厂长想让我从事创作管理工作。我几次推托,终于感动了他,说你找李建,他同意你继续搞创作,我会支持你。

我碰了钉子回来,他说,创作管理也不脱离创作,反而接触的片子更多了,对你能力的提高也是有好处的,一下子让我心情开朗起来。

镜头六:到了退休年龄,上级鉴于新影厂的一把手刚刚进行了调换,还在熟悉情况阶段,让他延迟退休。对于组织的决定,他坚决服从,但更注重对我的教育、培养。他是电视台的编委会成员,他专门提出申请,让我和他一起参会,目的是让我提前熟悉台里的领导和编委会的情况。

镜头七:退出工作的最后一年,新影厂编辑部的例会,他决定不再参加,全权让我这个毛头厂长助理主持。

你总要单飞的,我虽然在办公室,但我对你是全力支持的。这也是给上头领导们看的,我不能总延迟吧……

镜头八:为纪念西藏和平解放五十周年,新影厂制作了一部系列纪录片。虽然离播出时间较近了,也通过了广电总局专家组的审看，但要求有西藏自治区对片子的意见。

他有高血压，按说不适合去西藏，为快速、高效解决问题，不影响按时播出，他毅然带领编导踏上进藏之路，在他心中，节目是比天大的事。

镜头九：2022年9月6日这一天，临近中秋，我往他家里拨电话，无人接听。

拨通手机，他老伴儿接的，说他在积水潭医院住院，因为肺纤维化、肺感染，上了呼吸机。

心中一颤，话筒里话音也不太清楚起来，他老伴儿说，给你视频过来。

视频里，我看见他嘴里插着呼吸机，不能说，又想说的样子。

他朝我挥手。我伸出大拇指，安慰鼓励他，他也伸出大拇指。

7日晚收到这条微信："这次因肺慢阻，肺间质纤维化加严重感染，血氧底（低），需24小时吸氧，两次住院，很难治愈了，现已上了呼吸机。时日不多了！祝你们健康快乐长寿！"

心中百感交集，是张厂长的口吻，是他自己写出来的，还是他老伴儿帮的忙？

我回复："保持信心，配合治疗，希望您养好后给我们要编的《新影大事记》当顾问。"

没想到，这是我们最后的永诀。

新影集团的主要领导得知张建华的病情,非常关心,嘱咐赶快和家属了解情况,看有什么需要帮助的。希望他能尽快康复。

他有些名言,我记得特别清楚。

名言一:予人玫瑰,手有余香。要多多帮助别人,帮助别人,也是成全自己。

名言二:处事有道,外圆内方。做管理,要有原则,心里要有底数。事情无非"情、理、法"三字。处理人际关系,要讲圆融和谐。"圆"与"方"互补,相得益彰。

名言三:君子爱财,取之有道。不拿不该拿的钱,管理才能立起腰杆。

名言四:做人要有智慧。聪明不等于智慧,小聪明更不是智慧。智慧要经历练和自己悟出来,有了智慧,你就站在了人生的高处。

名言五:管理不是居高临下,管理要通过服务体现出来。当干部,不要摆架子,要给人解难事,否则就不是好干部。

名言六:当你(男人)看所有女人都漂亮的时候,你就老了。

这句话,让我会心一笑。

这是热爱生活、诙谐幽默的他,诸多生活幽默名言之一……

他是一个在副厂长岗位18年如一日的人,他是在下班后经常亮起灯光加班的人。

他是在评定职称名额有限定数目，够格的人又太多，主动不参加评定职称的领导。有一次厂长李建劝他参评，他坚辞不评，我听到他这样说，我是副厂长了，不和同志们争。

鉴于他的特殊贡献，有一年新影厂评国务院特殊津贴，他的名字都报到广电总局了，却因没有职称，被刷了下来。

主管电影工作的副部长专门打来电话解释，表示歉意和对他的肯定，他却很坦然、淡然……

晚上九点半，张厂长的儿子打来了电话，说到了他治疗和离世的情况。

他走得没什么遗憾，知道病情的底细后，家里决定不瞒他，把实情告诉了他。

他很镇定，那条微信就是他知道情况后，自己写的。

因为无法说话，别人也帮不上忙，可以说，他是用尽了最后的气力，编写了给亲朋好友的微信，向这个世界做最后的告别。

似乎还是平常送客要到楼下的样子，无论是什么天气，什么季节。宛如一个绅士，挥挥手，把祝福留给这个世界上的亲人朋友……

他还有一个愿望，把遗体献给医学事业，但走得匆忙，手续太烦琐，这个愿望未必能实现。他老伴儿这样说。

行文至此，禁不住泪目。

他生于1939年12月9日，1963年北京电影学院摄影系毕业，进入新影厂任摄影助理、摄影师、编导。20世纪80年代后期，曾陪同纪录片大师伊文思在中国拍摄《风的故事》。1984年担任副厂长，主管过生产技术和艺术创作工作。其间新影厂制作推出了许多有影响力的影视大片。比如2000年，适逢抗美援朝50周年，新影厂出品了一部5集的系列电视片在央视一套黄金时间播出。这是当年唯一的一部关于抗美援朝战争的系列片，不仅配合了当时的对美斗争，也为后人留下了许多宝贵的资料镜头。

一个人走了，他在众多人心里激起涟漪，让人想起他的种种品格，想起他留给世界的温暖和美好，这个人就没白活，就是一个值得敬仰和尊重的人……

补记：很多人都想见他最后一面，为他送行。他的家属得知后，在协和医院王老师的帮助下，特意在大兴的一所殡葬服务中心，设置了告别室，从9月14—9月17日（全天）；9月18日上午9：00—9：30供人们表达哀思、送别。

在家属的努力下，张建华捐献遗体的愿望得以实现，由中国医学科学院协和医院予以接收，用于医学事业。

我在留言簿上题写了八个字"生如夏花，去似秋荷"。

有同事说，他骨子里是一个清高的人，但我觉得他骨子里更是一个高贵的人，这种高贵虽然质朴，却由内而外散发着光芒。

胸中要有根"小竹竿"

人生在世,心中要有根小竹竿,这是妈妈很早就教给我的道理。

有一次妈妈让我去办件事,具体事情原委已不记得,但事没办好却是板上钉钉的,妈妈当时的感慨我记得非常清楚。

"嘴上没毛,办事不牢。这也不怪你,不过要学会总结,办事前仔细计划计划,逐步学会胸有成竹。"

"嘴上没毛,办事不牢",这句口头禅说明民间对人认知规律的总结是形象精辟的。长胡子是青春期的标配,没长胡子前,发育着的不光是身体,还有思想和判断力,即使长出了胡子,要做到处事干练周全也需要不断在做事、犯错中成长。

"吃一堑,长一智""活到老,学到老"就是人成长经验的生动表达。

胸有成竹,比喻做事之前就对事情有全面的了解和预案,事情才能周全,这句典故和中国文人画竹相关。

画竹子出名的有郑板桥(1693—1766年),他原名郑燮,江苏兴化人，祖籍苏州，是清代书画家、文学家，板桥是他的名号。

郑板桥大器晚成，直到43岁才中进士。他先后做过山东范县、潍县县令，后客居扬州，以卖画为生，为"扬州八怪"重要代表人物。

"衙斋卧听萧萧竹，疑是民间疾苦声。些小吾曹州县吏，一枝一叶总关情。"

他不仅官做得好，画、书、印方面的造诣也炉火纯青。

郑板桥擅画兰、竹、石、松、菊等，而画兰、竹五十余年，成就最为突出。既取法于徐渭、石涛、八大山人，而又自成风格，他画的竹体貌疏朗，风格劲峭，为后人所称道。

而"胸有成竹"的典故并不起源于郑板桥，而是北宋的一位画竹大家。

这位画竹大家叫文同，字与可，号笑笑先生、笑笑居士，是北宋大名人苏轼的表哥。他做过知县、知州，但绘画才艺让他青史留名，苏轼曾称赞他为诗、词、画、草书四绝。

竹画得好，必先爱竹并对竹子进行细致观察。

夏日，他在竹林里看竹子在阳光下显现的不同的色泽形态，全然不顾炎热带给他的挥汗如雨；下雨了，别人都纷纷躲雨，他却跑到竹林里看风雨中竹子的飘摇形态。

画竹、爱竹，恨不得把竹子的千姿百态刻在心里。正因为心中有竹子的鲜活的形象，自然竹子在他的笔下活灵活现起来。

画家米芾称赞他画竹"以墨深为面，淡为背，自与可始也"。开创了墨竹画法的新局面。

世上的事，情理相通。由幼稚到成熟，这根竹竿要慢慢地长在心里。

这竹竿是判断事情是非曲直的标准，有了它，你将不再人云亦云，而具有自己鲜明的人生观和世界观。

这根竹竿不会凭空生长出来，它需要你从五千年的文化中积淀，从人类文明的一切成果中汲取营养，让这根竹竿生长得茁壮起来。

这竹竿也需要你不惧失败，勇敢地投入生活的洪流中，为自己的梦想而不懈奋斗。

一个"热"字引发的联想

　　这些天,热浪袭击北京。太阳的光线似乎比平时亮了几分,一大早就给大大小小的树木穿上了亮亮的软甲,视线触及的白色墙面,更有一种强光的反射,令人不能直视。

　　太阳炙烤下去开车,车门把手先惊了自己,这么烫,车厢里像个闷炉,座椅发烫,方向盘热得不敢触碰,赶紧摇下车窗,让狭小空间内的闷热空气释放出去、流动起来。

　　新闻中,早就有热浪一轮轮袭击各地的报道,先是南亚的印度,因热引起断电断水,还热死了人。前几天,郑州的热也上了热搜,达到40℃,地面温度超过70℃。

　　翻看手机天气预报,三个"热"字叠加,发出急迫的酷热警示,8点钟,气温24℃,每隔一小时以2℃的速度提升,最高温达39℃。下午五点还保持在37℃,夏天真正撒开欢儿,展示自己酷热的能力。

　　烈日下,现代人躲在家里是幸运的,空调吹着,室内室外两重天,科技文明带来了生活方式的巨变,今天的生活,前人无法想象，而我们身在其中，对变化的感受尤其深刻。

宋人这样写酷热的夏天："天地一大窑，阳炭烹六月，万物此陶镕，人何怨炎热……田水沸如汤，背汗湿如泼。"（戴复古《大热五首》）

"大热曝万物，万物不可逃。燥者欲出火，液者欲流膏。飞鸟厌其羽，走兽厌其毛……"（宋·梅尧臣《和蔡仲谋苦热》）

夏天的酷热流露在字里行间，时隔千年之后，依然可以真切感受古人的苦夏，汗流浃背，无处可躲，无处可藏的窘境。

少年时的度夏，恍然间清晰起来。也是漫漫的酷热，人们在夏夜乘凉，手中的芭蕉扇就是最好的乘凉用具，小孩依偎在大人身边，一把扇子带来了爱和清凉。

屋里热得睡不着的时候，一家人还会把凉席铺到平房顶上，望着满天繁星，听着父母讲天上人间的传说故事，慢慢入眠。

天气虽炎热，却何尝不是夏天带给我们的一份独特的礼物。

多年后，这样的生活情景钻进了我的诗里：

夏日里

母亲常带着一把芭蕉扇

随时挥一挥

就带来一丝清凉

依偎在母亲怀里

听她唠叨着家长里短
那时的夜空
繁星点点
偶尔一只萤火虫
引起我和童伴的追逐
长大了
母亲的芭蕉扇
还留在我的记忆里
它是母亲夏日里的清凉
也是我儿时的一缕温馨
如今在炎热的时节
要寻一把那样的芭蕉扇
竟成了奢侈
满城的空调
不停息的疯转
天热
城市更热

烈日下，生活还在运转，有许多人还得在户外工作，他们的辛苦可想而知，做好防暑降温，对这些人来说，尤其重要。

曾经的日子中，每到酷暑难当的日子，单位都要组织慰问一线员工的活动，一桶桶绿豆水、一箱箱矿泉水、汽水，送给户外工作的人，一声问候、一分体贴，便多了份关心，多了份理解，在酷热的天气里，这种关爱和谐让人分外怀念。

前年夏天，我参加了防新冠家属院的志愿值班，酷热时节，除了居委会提供的矿泉水，一位志愿者还自费买了矿泉水、冰棍，让自己的孩子分发给值班的门卫和自愿者，这位母亲志愿者在炎热的夏天，带给孩子的也是一份独特的爱的礼物，这份身边的爱，如同种子，会开出善良之花，美丽着这个愈加艰涩的世界。

如果让人们在"热"和"冷"之间进行选择，很多人宁愿选择"热"。在汉语的表达里，"热"也更多带着褒义。火热的青春，热情似火，热卖、热销、热点。

热天里，人们易于产生烦躁的情绪，遇到需要沟通的事，有话慢慢说，有理慢慢讲，不要火上浇油，弄出烦恼、不愉快。

尽管有新冠疫情不时困扰，我还是在帮着进行几部纪录电影的创作。热卖、大卖，"热"，在电影营销中，还是大大的褒义词。

天气预报说，明天会有大雨、暴雨，天要下雨，娘要嫁人，天要干的事，人还真是管不了。

遇事要讲"三要素"

在繁杂的人世间,我们每天都会遇到一些需要判断和处理的事务和问题,要想将眼前的事务和问题处理得得心应手、游刃有余,就要熟练运用"情、理、法"三要素来判断和处理。

"情、理、法"三要素是相互联系的一个整体,也是判断、处理问题的三个维度,不可偏废。

"情"指的是情况、情由,也就是事务和问题的原委,只有把面临的事务和问题的原委了解清楚,才能有恰当的处理方式、方法。

遇事不慌,事缓则圆,首先要有从容不迫的心态。事务和问题是客观存在的,不以人的主观意志为转移。正是在解决一个个事务和问题的过程中,会不断丰富自我,提高我们应对、处理复杂事务和问题的本领、能力。

其次要练就敏锐的洞察力,有一双迅速捕捉事务和问题本质的"火眼金睛"。洞察力不是空中楼阁,它的养成需要依托深厚的文化涵养和实际能力的历练。

"情"的原委不能仅靠主观判断。要善于透过现象，抽丝剥茧，最大限度接近真相。

根据需要，适时进行深入的调查研究，多角度听取不同意见。尤其是比较重大和复杂的问题，更不能单凭经验、看表面现象轻易下结论。对事务和问题的实情和全貌了解得越清楚，越能做出正确的判断。

"情"，还有情感的含义，无情未必真豪杰，怜子如何不丈夫。

人是有情感的动物，所有的事务和问题无不含有一个"情"字。

情有善恶、真假、美丑之分。"情"做为处理事务和问题的维度，要立足扬善惩恶，是非分明，立场坚定。不因亲疏定曲直。

"理"指的是观察、处理事情和问题的标准和尺度。依据"理"决定处理事务和问题的方式、方法。

中国五千年历史，形成了成熟的文化传统和伦理规则。

人和人、人和社会、人和家、家和国，编织成了纵横交错的互动的关系，这些文化传统和伦理规则就是思考和解决问题的"理"。

"理"包括了乡规民约、规章制度、风俗习惯、特定的道德观、价值观等。

有理走遍天下，无理寸步难行。

处理事务和问题的有理、无理关乎人心向背。正所谓，得道多助，失道寡助。一个"理"字立判对错高下。

"理"亦指事物发展变化的规律。大千世界，万类霜天。春华秋实、夏暑冬寒。在纷繁的变化中，离不开决定事物变化的内在规律。

规律是不可违背的，违背规律，必然事与愿违、南辕北辙。

遵从规律，就要有实事求是的科学精神，把握好处理问题的分寸，对症下药，找出正确的解决问题的方式、方法。

"法"指的是观察处理问题的法律、法规。"法"是调节人与人、人与社会关系的法律总和，是人类社会进步的基石，是人类社会进步的过程中，不断被总结出来规范人类社会行为和人际关系的刚性、强制性规定，也是我们处理所有问题的依据和底线。

依法办事，建设法治国家，要求我们知法、懂法、守法，贯彻法制精神、促进公平正义，使法治的阳光普照到社会的任何角落。

总之，处理任何问题都离不开"情、理、法"三个要素，以这三个要素做维度来观察、解决问题，可以提高我们处理问题的科学性、客观性、准确性。避免盲目性、主观性、片面性，大大减少失误、失察造成的错误。

当然，人非圣贤，孰能无过。在处理事务和问题的过程中，任何人都可能会犯这样那样的错误，但不断积累、提高、改进观察问题、分析问题、解决问题的经验和能力应该是我们的终身追求。

人活着的"境界"

人活在天地间,为万物之灵,怎么活,才能不负生而为人?

这是人生大问题。

有时候,很多人,在很多地方,能活着,就是人生的最大问题了,但活下来之后都不甘心只是活着。

这里就有人活着的目的和境界。

《左传·襄公二十四》里,叔孙豹与范宣子就何为"死而不朽"展开了对话,范宣子说,他的家族从虞、夏、商、周世代为贵族,家世显赫,香火不绝,是不是就为不朽。

叔孙豹不以为然,提出人生真正的不朽有三,"太上有立德、其次有立功,其次有立言"。

唐人孔颖达在《春秋左传正义》里对这"三不朽"做了界定,"立德谓创制垂法,博施济众,立功谓拯恶除难,功济于时,立言谓言得其要,理足可传"。

大文人胡适洋墨水喝得多,他把"三不朽"和英文"worth""work""words"三词相对应,并提出自己的"社会不朽"论，每个人的言行功德、所作所为都成为人类社会的一部分。

他的主张给每个有限的生命个体赋予了价值。

穿越时空，"三不朽"依然有感召力，每个人都值得深思践行。

如何"立德、立功、立言"，还可从先贤的思想中汲取营养。

《礼记》里的《大学》篇，曾为中国人必读的"四书"之一。它提出要成为至圣之人，必须具备"明明德、亲民、止于至善"的三大要素。途径就是格物、致知、诚意、正心、修身、齐家、治国、平天下的八个环节。

明明德、亲民、至于至善和"三不朽"境界相近。

在八个环节中，修身是做人之本，和"立德"紧紧相连。

"物格而后知至，知至而后意诚，意诚而后心正，心正而后身修。"

用现代的话语来说，修身立德就是确立正确的人生观和世界观，系好衣服的第一粒扣子。以浩然的正气，立志做一个对社会有所贡献的人。

"立功"和齐家、治国紧紧相连。

"所谓治国必先齐家者，其家不可教，而能教人者，无之。"

把家建设好，长幼尊卑，各得其乐，家和万事兴。家是国的细胞，齐家是治国的基础。

"一家仁,一国兴仁,一家让,一国兴让。一人贪戾,一国作乱。"这其中蕴藏着深刻的道理。

"立功"就是为家和国立功,奉献自己的才华,在为家庭和社会做贡献的同时,成就自己的人生价值。

"立言",用今天的话叫著书立说,和修身、齐家、治国、平天下各个阶段都关系密切。

曹丕在《典论·论文》里讲,文章乃"经国之大业,不朽之盛事。年寿有时而尽,荣乐止乎其身,二者必至之长期,未若文章之无穷"。

回首人类文明不朽之篇章,世代相传、熠熠生辉,点亮一代代人前行的智慧之光。

不是说只有写书才是"立言",家训、乡规民约、长辈的朴素的话语,留得住、暖了心、让人受了益的,又何尝不是"立言"?

说到"立言",我们再来看看一个美国人如何剖析人生。

美国著名心理学家亚伯拉罕·马斯洛在《人类激励理论》这部书里,把人的行为和需求联系起来,从需求层次的角度描述了人和人的行为,可以帮助我们进一步理解人以何种状态立足于天地。

他把人的需求和行为分为五个层次进行分析研究。

人的生理需求为第一层次,包括生活中必需的食物、水、空气、性、健康。在这基本需求阶段,人的目的是活下去,为温饱和维持生命而活。

人的安全需求为第二层次，包括人身安全、生活稳定、免遭痛苦、威胁或疾病等。在这一层次，整个机体都在追求安全，甚至科学观、人生观都是满足安全的一部分。

人的情感和归属的需求为第三层次，包括友谊、爱情及隶属关系的需求。人人都希望得到关心、照顾，得到群体的承认。

人的尊重需求为第四层次，包括成就、名声、地位、晋升机会等，既包括个人也包括他人对自己价值与成就的认可。

人的自我实现需求为第五层次，包括实现个人理想、抱负、发挥个人能力、追求真、善、美，实现自我价值等。

马斯洛的需求层次理论不尽完美，但他基于人的需求由低级到高级的发展过程，研究人的行为方式和人生目的，在一定程度上让我们能更理性地认识和了解自己的人生状态，从而激发起人生前行的内在动力。

仓廪实而知礼节，衣食足而知荣辱。

物质是基础，要脚踏实地；精神是升华，可以天马行空。

物质和精神虽不同，但内在是一个有机的联系体，两个方面的文明都是我们的前行的目标。

对一个人来说，吃喝拉撒睡方面的物质生活的满足相对容易，利它、奉献、提升、和谐、圆满等精神境界的追求难能可贵。

日子不能简单地重复,日子需要新的赋予和发现。

苟日新,日日新,又日新。

每天是你,又不是你。

每天是我,又不是我。

这应该成为你我追求的境界。

一盏清茗品岁月

【下篇】
岁月如江河

人生如同四季

人生如同四季，每季有每季的风景。

我特别欣赏中国人对人一生年龄段的划分：1—17岁，童年、少年时期；18—45岁，青壮年时期；45—65岁中年时期；65岁以后，老年时期。

人生四个时期，多像轮回中的春夏秋冬。

人生的春季，是在18岁以前。它的底色是鲜嫩的绿。

春季是万物的又一个轮回。一片丰腴的土地，接纳了一颗生命的种子，扎根生长、被温暖包裹、被细心滋养，在期待和不安中诞生，沐浴天地恩泽。

春天是自由生长的时节，一棵棵小草冒出嫩芽，一个个花蕾含苞欲放，小鸟欢快地追逐，悦耳地鸣唱，小河碧波荡漾，清澈见底，鱼儿游动着灵活的身姿，尽情嬉戏。

最美人间四月天，春恣意妩媚着，迎春花、玉兰花、桃花、杏花次第盛开，花成了春天的名片。花成了春天的海洋。

春天是四季的开头，也是奠定根基的时节，向下和大地紧紧地相拥，根越深，抗击风吹雨打的力越强，花开得越浓烈，果才会结得越实。

在春天里把握好生长的姿态和节奏，春包容着一切渴望的成长。

莫负春天的的爱和希望。

人生的夏季，是18—45岁。底色是灿烂的红。

夏是热烈的，夏天的生长更为猛烈。

在拔节的声音里，果实开始灌浆，一点点地积累、充实，日月有情，雨露滋润，生长势不可当。

夏是浪漫的，荷舒展着，举起一把把绿色的伞，为塘里的鱼和蛙撑一片绿荫，莲花娇艳高洁，令人一见倾心。

夏夜，流星雨划过天穹，星空下，恋人相拥私语，流萤扑面，浑然不觉。在热烈中收获恋爱的喜悦，在成长中体会收获的不易。

平静中会有突如其来的变故，或狂风骤雨，或电闪雷鸣，撕扯着、摧毁着生长中的一切。挺住、坚强，用汲取的能量顽强守护，风雨过后，拥抱绚丽的彩虹。

莫负夏的成长，夏的热烈与理想。

人生的秋季，是45—65岁，底色是沉甸甸的黄。

秋天是果实累累的时节。经过一个夏天的积蓄滋养，秋慢慢成熟起来，田野和枝头，挂起了丰收的斑斓，散发出诱人的香甜。

秋是收获的时节。种瓜得瓜，种豆得豆。半辈子的耕耘和呵护，终得属于自己的苦辣酸甜。收获龙种还是跳蚤，有时就在当时的一念和时光的荏苒里。

秋是奉献的时节。秋欣喜着收获、欣喜着品尝，它的成熟告慰了劳作的辛苦，它的香甜，述说着幸福的模样。秋积蓄着生命的价值，续写着生命的年轮。

秋是张扬的时节。虽没有花的烂漫，没有绿的娇艳，却独独披上了五彩锦衣，令所有的目光陶醉在自己身上。它自然傲然，让天地再度光彩照人。

莫负秋的馈赠，秋的甘甜与浪漫。

人生的冬季，是65岁以后。它的底色是晶莹的白。

冬天是通透的时节。抛掉所有的华丽和装饰，裸露出本来的真实。那线条是那么刚劲有力，刺破所有冗余。不见了的，顺其自然，不卑不亢。

冬是写满童话的时节。冬日里的雪就是童话里的精灵，它欢快地舞着，描摹着天地人间。冬天的童话独一无二，足以令人展开所有想象。在童话的包裹中，透着一份神秘奇异。

冬是收敛的时节。经历过了所有的喧嚣，冬沉淀着满足静谧。冬也是顽强的，在凛冽凄冷的侵蚀中，满怀生命的希冀与赞歌。冬已成为洞知生命奥秘的智者，感知着生命轮回的洒脱。

莫负冬的通透，冬的智慧与归真。

人生如四季变换，每季不可逾越，每季各有精彩。莫负生命中的四季，春夏秋冬，何曾不是相得益彰。

风雪夜归

昨晚返京，飞机延误一个小时，因为北京下了雪。

落地后，向外望去，一派雪夜中的景象。

雪，在车灯前飞舞，司机师傅很高兴，说，这雪有灵性，这场雪给冬奥会添了几份光彩。

司机的话，我深有同感，看过一张照片，张家口赛场，群山环绕，赛场的雪在周围荒凉山脊的怀抱里醒目却孤单刺眼。这下好了，群山逶迤，原驰蜡象。赛场和周遭的环境浑然一体，一派白雪皑皑的绮丽风光。

朋友发来微信，问我是否回京，我说，正风雪夜归。

在儿时记忆中，常常下雪，雪下得越大，心情越亢奋。妈妈常爱用鹅毛大雪来形容，可不是嘛，雪花片片，满天飞舞，轻飘飘的，带有羽毛的质感。

有一次雪下了一整夜，第二天醒来，发现雪积了两尺来厚。雪停后，家家户户，都先上房顶上扫雪，再扫胡同和街道上的雪。

妈妈说，这么大的雪，已无法正常去学校了。你背上书包，用一把铁锹，边清雪，边前进，既帮了大伙儿，做了好事，也是为了自己能去上学。

妈妈的话有道理，但我更想用一把铁锹，体验铲雪的乐趣。胡同里的雪，加上两边房顶上扫下的雪，堆得厚厚的。

亏得我哥、我姐、街坊邻居的大人们，闻雪而动，一起铲雪，一个胡同居住的七八家，能劳动的都出来铲雪了。

胡同，逐渐从中间被清理出了一条能过人的窄道，两旁堆成了雪墙。

到了街上，碰到了高年级的学生，他们告诉我，不用上学了，参加扫雪。

少年记忆中的这场雪，壮观、惊奇、热烈。

特别希望多下这样的雪。不用上学，还特别有意思。

风雪夜归，今晚不是第一次，印象深刻的还有两次。

一次在北京，没什么吓人的征兆，只是天空越来越阴暗，向窗外望去，黑压压，灰蒙蒙的。

突然雪就下开了。像从天而降的精灵，飘飘洒洒，姿态真美，雪花真大。我喜欢下雪的样子，雪带有童话般的浪漫，雪如仙子。

到了晚上下班时分。开始为如何回家犯愁。一个超大型城市，每逢刮风、下雨、下雪，公共交通压力陡增。出租车更是不好打，在没网络的时代，哪一个路口，都是站满了人，焦急地等待乘车。

看看雪还没停的意思，下了决心打算开车回去，之所以纠结，因为自己没在这么大的雪地里开过车，车技也并不出众，有几分胆怯。

雪已被车碾压成厚厚一层的雪泥，温度偏低，道路冻结成冰。

从单位出来，加入车的洪流，就知道只能进不能退，放眼望去，不是飞扬的雪花，就是缓慢爬行的车流。自己被裹挟其中。

走了没多远，便领略了雪地成冰行车的艰难。路滑，车轮也会不自觉地打滑。想起车队有经验的刘师傅曾告诉我的秘诀，路滑开车，千万不能跟得太近，遇到状况，轻轻踩刹车板，早踩长磨。同时要眼观六路、留意四面八方。你不撞别的车，要防别的车会撞你。

果不其然，前面的一辆面包车突然横向打滑，碰撞了近处的好几辆车。好在保持了安全距离，侥幸躲过一劫。

速度极慢，走走停停。走路和开车似乎已无区别。

路滑，过立交桥很难走，真怕操作不当，半道熄火。已是紧张地冒汗了。北京理工大学边上的立交桥超长，从东面过来，坡度较陡，长时间的结冰，很多车辆打滑而不前进。

有人在帮忙推车，大部分的车得靠人助把力，才能平安上桥。有人过来说，推你上去，50元，行不？

另外有人过来了,是穿着工装的环卫工人,他说,我来帮你上桥,给稳油,把稳方向。我们是海淀环卫的,不用给钱。

寒夜、大雪,一股暖流,我只能连声用谢谢来表达敬佩、感激之情。

想起2001年12月7日那个风雪夜,总会不由自主地说声,海淀环卫,好样的!

也是从这次大雪之后,与雪同步,环卫工人会及时喷洒融雪剂和盐水,保证行车安全。

下桥也不容易,车距留好,小心翼翼,稍不留神,车就"漂"离自己的轨迹。一路上看到许多轻微碰撞的小事故,没有人像平时一样互相纠缠。挥挥手,各自继续前进。

到家的路程,平时费时四十分钟左右,这次六点半出发,夜里十一点多才到家。半路想尿,无法解决,憋坏了。

妻说,看新闻了,能平安归来,就太不容易了。儿开始也在等你,太困,就睡着了。又说,你也真笨,办公室住一晚,也是可以的。

另一次风雪夜归,从北京回老家过年,出发时零星雪花,后来越来越大,走过保定,已是雪天一体。河北段高速还让走车,到了河南段口,警灯闪烁,高速封路。

上午十点多离京,夜里十二点到达。一路艰辛,图的是圆一年的乡愁。

家门口的两盏红灯笼,依然透射出新年的喜兴劲儿,灯顶被厚厚的白雪覆盖,添了一层浪漫味道。

明天是情人节,又是元宵节前夜。

北京应急办通知,非必要不出行,提倡居家办公。

青春之选

今天是青年节,我们都曾是意气风发的青年。

电视剧《觉醒年代》的编剧和我是老朋友,他是研究邓小平的专家,二十多年前我们就开始合作有关邓小平的电影和电视纪录片的创作。

前些年他华丽转身,开始了电视剧的编剧创作。如果说《历史转折中的邓小平》是他本专业领域的延伸,而在2021年推出的《觉醒年代》则超越了他的专业界限,一下子把今天的我们鲜活地带进了大历史,和百年前曾经的青春、曾经整个社会觉醒的故事进行一次跨越时空的交集、对话。

百年前的中国,怎一个"苦"字了得,虽历经奋斗,但依然灾难深重。半封建、半殖民地社会的人民生活于水深火热之中。

陈独秀、李大钊等发起了救亡图存的新文化运动。

他们通过创办的《新青年》呼唤着改变社会和时代的最强音:中华民族亟待解决的不是亡不亡的问题,而是如何再造青春，中国的出路在于摆脱旧传统、旧观念束缚，勇往奋进，急起直追，创造一个充满活力的中华民族。

救亡必先启蒙，必先有新思想、新精神。

一代青年走进工农、走向斗争的最前沿，他们为了一个光明的青春的中国，呐喊、奋争，直面生死，义无反顾。

《觉醒年代》里，有这样一组画面：陈独秀，目送着儿子陈延年、陈乔年赴法勤工俭学。

那是1919年，兄弟俩一个21岁，一个17岁，正是激扬青春好年华。在父亲目光中，他们飞扬的青春，幻化出他们牺牲时，血衣镣铐，大义凛然的形象。

陈延年、陈乔年在父亲的影响下，一同走上革命道路，成为早期共产党重要的优秀战士。

陈延年担任过广东区委书记，领导过震惊中外的省港大罢工，并在中共五大上当选为中央委员和政治局候补委员，后担任中共江苏省委书记，在1927年反革命的白色恐怖中，不幸被捕。牺牲时，他宁死不跪，高呼"革命者只有站着死，绝不下跪"。时年29岁。

陈乔年回国后，先后担任中共北京地委组织部长、北方区委组织部部长、江苏省委组织部部长，极富斗争精神。哥哥的牺牲，没让他胆怯，反而更坚定了他的革命信仰与斗志。1928年2月，陈乔年不幸被捕。为坚守党的秘密受尽酷刑。临终前和战友告别："让我们的子孙后代享受前人披荆斩棘的幸福吧！"时年26岁。

百年之后的上海龙华烈士陵园，很多青年人因看了《觉醒年代》而对两位烈士满怀敬仰。

一封给陈延年的信上这样写道："你：共产党人，我：共产党人；你：安徽安庆人；我：安徽安庆人；你：永远二十来岁；我：正当二十来岁；你：宁死不跪，灼灼其华。当年你离家匆忙，今天我们一起再尝尝家乡的贡糕吧！因为你，每一片比以往更香甜！"信的旁边摆放着一盒红色包装的贡糕片。

青春的流血、抗争换来了人间的新生。

在陈延年烈士的纪念网页上，一名网友这样写到："你们的精神永远如一盏明灯照亮我们前进的道路，永远激励着我们不忘初心、砥砺奋进。"

电视剧取得如此的成功和共鸣，真为老朋友高兴！

今天的青春是一代代人青春的接续。今天的青春，面临的依然是一座座困难的大山，依然需要挺直精神的脊梁，不懈奋斗！

中华民族的强国梦，要靠青春的奋斗。这梦想从鸦片战争中的屈辱中而来，从五四青春的呐喊而来，从万里长征的雪山草地而来，从抗日烽火的救亡图存而来，从解放战争的隆隆炮声而来，从奋发图强的建设中而来，从改革开放的披荆斩棘中而来，从中华民族心底的理想信念而来。今天的青春当赓续以往，扬起奋斗的帆。

实现青春的人生价值，创造美好生活，需要靠青春的奋斗。

每个人的青春都是宝贵的，每个人的价值都要靠奋斗来奠定和衡量，享受、躺平可能是容易的，但这只会使青春平庸和蒙尘。奋斗、前行才会使青春闪光、无悔。

世界永远属于青年，青年决定着世界的未来。

青年最少传统的负累，青年应该像天空中展翅翱翔的鹰。

新冠疫情肆虐和世界日益被撕裂的今天，更需要青春的担当、青春的脊梁。

"青年之文明，奋斗之文明也，与境遇奋斗，与时代奋斗，与经验奋斗。故青年者，人生之王，人生之春，人生之华也。"

李大钊先生之言，百年后的今天依然铿锵有力，永远闪耀着思想的光辉！

青春万岁！青春不老！

定格的"青春"(上)

"如果我倒下了,你就拿起机器向前拍去。"战地摄影师王静安不止一次地和助理说过这样的话。

一支战地摄影队伍,从1938年八路军延安电影团成立,到转战东北,参与建立东北电影制片厂,历经三大战役、解放全中国、成为北京电影制片厂新闻处,1953年,经政务院(国务院前身)批准,在北影新闻处基础上成立专门摄制新闻纪录电影的中央新闻纪录电影制片厂(简称新影厂)。这支队伍中有九位烈士倒在了纪录历史风云的摄影现场,他们用生命和热血拍下的许多珍贵镜头,呈现了历史滚滚向前的永恒画面,他们的生命定格在了激情燃烧的青春年华,值得后来者永远传颂、纪念。

在辽沈战役牺牲的有三位烈士。

张绍柯(1918—1948),河北磁县人,东北电影制片厂摄影师。1948年10月5日,在参加义县战斗后,向锦州转移时遭飞机扫射牺牲,时年30岁。

他自幼喜欢绘画，十一二岁就常被亲友邀去绘画，有"幼童画家"之名。

1937年参加抗日救亡工作，1938年正式入伍，并被派到延安抗大学习，10月入党。

毕业后先后担任平西挺进军《挺进画报》编辑、晋察冀画报社编辑、特派记者，用画笔为武器，画了大量的宣传画。

1946年7月赴内蒙古工作，自编自写画册《内蒙剪影》，曾四天四夜不休息赶制内蒙古人民代表会议巨幅画图。

1947年11月入东影工作，担任过党支部书记、秘书职务。

战友回忆说，他最后一次上前线，正逢妻子难产要动手术。由于任务急迫，要赶部队行动，没来得及等手术的结果，也未看到孩子的出生，既是莫大的遗憾，也显示出他公而忘私、舍己从公的高尚品德。

敌机密集的扫射中，舍身保护摄影器材，壮烈牺牲。

杨荫萱（1924—1948），长春人，东北电影制片厂摄影师。1948年10月15日在锦州随冲锋部队进入激烈巷战前沿，在拍摄时中弹牺牲，时年24岁。

他家境贫寒，自幼在照相馆当学徒，三年期满后，先后在四个照相馆作技师。1945年12月进入东影工作。

他在党的培育下，进步很快，在入党申请书中这样写道："我不愿再做第二次亡国奴，决心参加革命，在革命队伍中积极工作，虚心学习，为共产主义事业奋斗到底。"

工作两年后，成为一名中共预备党员。

他参加过三下江南、四保临江及1947年夏季攻势的战斗。1948年攻打义县时，拍摄了炮兵阵地、敌人的碉堡等。

战斗中，他始终跟着突击队冲锋在前，参加了巷战。战斗后，又拍摄了义县开放监狱、恢复城市秩序等珍贵镜头。

两次拍摄尖刀班巷战，我们可以想象，他是多么的勇敢，有着怎样的一种英勇气概。

王静安（1921—1948），重庆市人，东北电影制片厂摄影师。1948年11月2日在沈阳铁西区李普屯战斗中，他拍摄战士们挖工事时，被敌人的炮弹击中牺牲，时年27岁。

他在中学时就参加学生爱国运动。1937年参加抗日宣传队，1939年到达延安。1943年参加延安电影团，1946年到东北加入东影。

1947年8月，随军拍摄时，和战士们一起练习爆破、刺杀，带着轻伤仍坚持工作。

在锦州战役中，他在距敌人30米的战壕里拍下我军战士冲锋的许多镜头。

在攻占老城时，他随机枪班的十几个战士运动到敌人跟前的一座庙里，炮弹落到庙里，他和战士们被土埋了起来，他爬出来，整理好机器，继续拍摄。

战友回忆说，他遭炮击重伤后，流血不止，在送往野战医院的担架上，忍着剧痛，唱起了他最喜欢的苏联一部电影插曲《祖国进行曲》，这是苏联人民歌颂祖国、歌颂人民获得自由、幸福的爱国歌曲，传入中国后，深得爱国青年的喜爱。

生命的最后，他没有留下遗言，只有深情的、低沉的绝唱。

王静安牺牲后，根据他的生前请求，东影党组织追认他为中共党员。

在进军西藏时牺牲的烈士是关志俭。

关志俭（1931—1951），吉林扶余人，北京电影制片厂摄影师。在随军进入西藏途中，身染急性肺炎，1951年4月16日不幸牺牲，时年20岁。

他1945年参加过土改工作团，1948年参加东影第三期训练班学习摄影。作为摄影助理，参加过东北最后战役、平津战役、渡江战役、进军大西南战役，中苏合拍电影《中国人民的胜利》的工作。

他的青春是在战火中度过的，他见证了人民解放战争的滚滚洪流。进藏前，党组织批准了他的入党申请，成为一名中共预备党员。

他为人一贯热情中肯，和蔼可亲，年纪虽小，很会团结同志。渡江战役中，摄影师和另一个助手生病，他体贴照顾，无微不至，使同志们很受感动。

随队进藏的摄影队同志全体来电，对他高度赞扬，根据同志们的要求和他的表现，文化部电影局党总支批准他为中共正式党员。

在抗美援朝战争中牺牲的烈士是杨序忠。

杨序忠（1928—1951），黑龙江祥泉县人，北京电影制片厂摄影师。随志愿军赴朝，参加抗美援朝新闻摄影工作，1951年5月12日，随部队行军到桦川以北地区，遭受美机轰炸牺牲，时年23岁。

他1946年以前在家乡读书，1947年进入东北军政大学学习，同年11月入东北电影制片厂第二期训练班学习，结业后作为摄影助理参加了辽沈战役、平津战役、渡江战役及攻克南京的摄制工作。

1949年夏，担任见习摄影师，在中南地区拍摄新闻主题，如颁发土地证、送公粮等。

1950年11月初，报名参加第二批赴朝摄影队。为拍摄人民军反攻，他和其他同志勇敢到达离敌军两公里远的地方，在敌人的炮火下坚持拍摄。

在东井里驻地，八架敌机轮流轰炸、扫射，他叫别人隐蔽，自己却拿起摄影机，拍摄敌机轰炸的真实镜头。

在朝鲜极其艰苦的日子里，他保持着革命乐观主义精神和饱满工作热情。工作之余，他教朝鲜摄影师唱《东方红》，自己也很快学会唱《金日成将军之歌》，给朝鲜同志留下深刻印象。

他牺牲后，中共文化部电影局党总支追认他为中共正式党员。

"为有牺牲多壮志,珍贵光影存世间。"在战争年代,战地摄影师作为特殊的战士,手持摄影机冲锋在最前沿,除了牺牲的,还有六位负过伤。是英勇的他们留下了不可复得的民族解放战争进程的真实、壮丽画卷。

1950年,这支队伍被文化部电影局授予"人民电影先锋队"称号。

这是一个英雄的集体。他们参与并记录了这样的史诗。

抗日战争:延安电影团摄制《延安与八路军》(未成片)、《生产与战斗结合起来》《陕甘宁边区第二次参议会》《党的七大》等,摄制图片数万张。

辽沈战役:战地摄影师20位,摄影助理12位。完成影片《解放东北的最后战役》《东北三年的解放战争》。

淮海战役:战地摄影师2位,摄影助理4位。完成影片《淮海战役》。

平津战役:战地摄影师10位,摄影助理11位。完成影片《解放天津》《北平入城市》。

太原战役:战地摄影师2位,摄影助理4位。完成影片《解放太原》。

渡江战役:战地摄影师9位,摄影助理14位。完成影片《百万雄狮下江南》。

进军大西北:战地摄影师5位,摄影助理3位。完成影片《红旗漫卷西风》。

进军中南：战地摄影师5位，摄影助理5位。完成影片《第四野战军南下记》。

海南岛战役：战地摄影师4位，摄影助理3位，战地编辑2位。完成影片《大战海南岛》。

向西南进军：战地摄影师6位，摄影助理9位。完成影片《大西南凯歌》。

进军西藏：战地摄影师6位，摄影助理9位。完成影片《解放西藏大军行》。

抗美援朝战争：战地摄影记者117人次。完成影片《抗美援朝》（第一辑）、《抗美援朝》（第二辑）、《朝鲜西线大捷》《突破三八线解放汉城》。

还有四位在和平年代牺牲的烈士，敬待下篇介绍。

定格的"青春"(下)

1953年,经政务院(国务院的前身)研究、批准成立中央新闻纪录电影制片厂,以北京电影制片厂新闻处为主进行组建,这支队伍的前身是从1938年设立八路军总政治部电影团,历经抗日战争、解放战争烽火的战地摄影队。

中央新闻纪录电影制片厂(简称新影厂)的设立,极大地促进了新中国新闻纪录电影的发展,为党和国家发展进程留下了真实的影像画卷。

今天接着介绍在新影厂成立后为钟爱的新闻纪录电影事业奉献出了年轻生命的四位摄影师。

郝凤格(1927—1955),河北定县人,中央新影厂摄影师。为拍摄亚非会议,飞赴万隆途中,由于飞机遭到美蒋特务破坏失事牺牲。时年28岁。

他家境贫寒,14岁到冀中抗日根据地参加工作,后到抗大二分校附中学习。曾在大生产运动中被评为三等"突击手",在大练兵时被评为甲等"投弹手"。1945年2月加入中国共产党。同年到延安电影团，学习放映、摄影。

1946年跟随电影团到东北，参加东北电影制片厂工作。在东影厂他不仅学会了剪辑技术，还在第一部故事片《留下他打老蒋》中饰演连指导员。

1949年，他担任东影厂第四期摄影训练班主任，培养新中国摄影力量。同年赴西南前线，带领摄影师们拍摄《大西南凯歌》。

1953年，他拍摄过根治黄河的第一次大规模勘探（《改造黄河第一步》）、第一汽车制造厂的建设工程（《第一辆汽车》）、包钢基地的第一批钻探机等。

1955年受命拍摄亚非会议，4月11日，他和参加亚非会议的部分工作人员、中外记者乘坐的"克什米尔公主号"因被定时炸弹破坏，不幸遇难。

新影厂当时坐船去的另一位摄影师先到的雅加达，得知郝凤格来，特别高兴，11号没接到，第二天得知战友牺牲的消息，悲痛之情无以言表。

机组有三位幸存者，后来机组一位幸存者在回忆录中专门写到遇难者的最后表现，他说机上乘客，八位中国人，三位外国人。他没见过普通人能以那么大无畏的精神面对死亡，没有一个人乱动，没有一张面孔露出惊惧，没有见过人类的勇气可以达到如此崇高的程度。

郝凤格同志有一位遗腹子，取名亚非，后来成长为新影厂的优秀摄影师。

首都各界五千多人，在中山公园音乐堂举行遇难烈士追悼大会。他的骨灰安葬在八宝山革命烈士陵园，陵园里有周恩来总理亲写碑名的一座遇难烈士纪念碑。

张凤梧（1931—1955），北京昌平县人。中央新影厂摄影师。1955年随摄制组赴安徽金寨县拍摄修建梅山水库，因触电不幸牺牲。时年24岁。

他幼年在家乡学习，后转到北京念书。1949年进入华北大学学习，1950年进入北京电影制片厂学习、工作。

他是第一批赴朝鲜拍摄抗美援朝的摄影队成员，担任摄影助理。在第四次战役中，不顾敌机轰炸，进入着火的防空洞中，抢救出摄影机和胶片。他的衣服和头发已经着火，扑灭后，赶紧抢拍敌机轰炸的镜头。

回国后，参加《新闻简报》的摄制工作。

1953年，参加北京电影学校摄影专修班辅助教学工作。据好友回忆，他和同学们很快就打成一片，带同学下乡实习，手把手教同学们使用摄影机，同学们亲切地叫他"小张"，并称他是朝鲜战场归来的小英雄，他常常应邀给同学们讲朝鲜战场上的故事，却很少说到自己。他积极向上，乐于助人，冬天深夜一位同事高烧，他骑自行车到西单药店买药，累得满头大汗。无论什么困难事找到他，他总是有求必应。

张凤梧牺牲后，同去的摄影师苏河清（苏兆征烈士的儿子）亲选了梅山水库大龚岭作他的墓地，那儿背靠青山，可以望见水库的碧波。20世纪80年代，安徽的农业改革走在前列，新影厂的摄制组去金寨拍片，专程去墓前祭拜。

1999年新影厂专门拨款并派人整修了他的墓地。同时也得知当地一位老人家敬仰烈士，常年坚持为烈士扫墓，老人家年岁大了以后，扫墓时带上了自己的儿子，他说给烈士扫墓要传下去。

温炳林（1943—1969），北京市人，中央新影厂摄影师。1969年8月13日，在新疆铁列克提地区拍摄我边防军巡逻时遭到入侵苏军突袭，他冒着密集的枪炮，抢拍镜头，不幸身负重伤。他在生命的最后时刻还鼓励负伤的战友"坚持住"！直到流尽最后一滴血。时年26岁。

他1961年参军，1966年入团。在部队表现突出，三次被评为"五好战士"，三次授奖，多次荣获"优等炮手""特等炮手"等荣誉称号。

1966年调到新影厂工作。他刻苦钻研业务，工作认真负责。

他为人非常热心。在部队拍摄时，常给战士们拍照，到伙房帮厨，帮战士们修理收音机、照相机、望远镜。

这次到新疆拍摄，足迹遍布十多个边防站，行程八千多公里，抢拍了许多宝贵资料。

他牺牲后，新疆军区为他追记一等功，并称赞他是"新闻纪录电影工作者的杰出模范,是部队指战员学习的榜样"。

石明纪(1943—1978),北京市人,中央新影厂摄影师。1978年赴西藏拍摄中、伊联合攀登珠峰时,因高山缺氧,猝然晕倒,不幸以身殉职,时年35岁。

他1961年参军,1965年进入新影厂任摄影助理,参加过福建前线值班,营口、海城地震的摄制工作。作为摄影师为《新闻简报》《今日中国》拍过十多个新闻主题。

拍摄中、伊联合登珠峰,石明纪积极要求参加,被批准后非常高兴,特意找曾登过珠峰的同志了解应该注意的事项,学习在高山上的摄制经验。

正式登山时,考虑他比较胖,分配他在大本营拍摄,但他坚决要求随登山队员进行登山拍摄。说,不让我上,我来干什么,怕死我就不来,来了就不怕死。

在5800米处,他突然晕厥。同行的摄影师赶快给他吸氧,然后进行必要的准备,艰难地把他背到5700米处。这时他的情况已不能继续往下移动,并身体发冷,同行的摄影师把自己的羽绒衣、羽绒裤脱下给他穿上。但终因心脏的原因牺牲在战友怀里。

战友回忆说,临终时他没想自己,却非常心疼照顾自己的战友,说,干革命哪有不死人的,死人是经常发生的。你快撤吧,再晚你也不能动了。

他那种不怕苦,不怕死和关心战友的精神,永远激励着一代代的后来人。

九位烈士牺牲时都非常年轻,平均起来只有 26 岁,他们的生命定格在充满激情的美好年华,也永远定格在记录共和国诞生和成长的光影里,他们的精神品格永远值得后人敬仰、学习,并承担好典藏历史、记录时代的崇高使命。

生命乐章

生命充满着力量。

光光的石板路上，一棵小草从密密的石缝里探出头来，顽强地向上生长。

坚硬的树干上，几片树叶突兀地冒出来，显得另类、可爱。

寒风凛冽的冬日，一根根坚硬的枝条，在抖落最后的叶子之后，投射出刚劲和不屈。

大自然中充满着生命的力量，稍微留心观察，就会发现生命的力量无处不在，而且那么顽强，只要有一点点适合的条件，生命就会恣意地生长。

人在大自然面前是渺小的，人类能发展到今天这样的文明程度，就在于人对生命力量趋于完美的不懈追求。

不一定非站在高处，才可以仰望星空。

小时候，和家人在夏夜里乘凉，面对着满天的星斗，大人们会指给我们看天上的银河，讲牛郎织女鹊桥相会的故事，讲怎么看北斗星来辨别方位。

天上的星星数不清，每个人都对应着一颗星星呢。星星有明有暗，有出息有成就的人星星就亮，没出息的人就暗淡，有的根本就看不见。

一颗流星划过，那是一个生命又消失了。

虽然知道大人讲的只是民间传说，但我心里却希望是真的。望着浩瀚星空，希望属于我的那颗星，在我的努力之下，放出闪闪的亮光来。

天上许多星，
有一颗星是我，
它和群星一起闪烁
点亮整个星空。
我抬头望星空，
寻找哪颗星是我，
星星闪烁，
一定有颗星是我。

长大了，成熟了，还在诗歌里，回味那远去的夏夜的浪漫，琢磨着生命本该有的力度和绽放的光亮。

让生命在坚强中放出光彩。

很久以前曾看过一部纪录电影，讲的是山东一个无臂女人顽强生活的事迹。一位小女孩，因触碰到高压线，不幸失去双臂。但她并没有被打垮,而是学习用双脚代替双手,渐渐地,一双脚像手一样灵活,可以洗脸、做饭,回家可以用脚开门,她不仅上了学,掌握了一定的文化知识,还和正常人一样结婚生了孩子,无臂女人可能让很多四肢健全的人自愧不如。

多少年过去了,之后看过许许多多各式各样的纪录片,但这部片子里无臂女人的坚强和豁达的生活态度,留给我的震撼至今还在。

生命中的强者让世界变得温暖。

大家熟知的抗疫英模"国家勋章"获得者张定宇,他作为院长,拖着被渐冻症影响正常行走的双腿,奔走在疫病骤起时的金银潭医院,组织医务人员与病毒鏖战、与死神较量,救治了2800多位危重病人,最近他做出决定捐献自己的遗体供渐冻症医学研究,为早日攻克医学难题做出自己最后的贡献;人民教师张桂梅,她在家庭遭遇重大变故、身患多种疾病的情况下,一心扑在贫困山区的学生身上,共有1600多名学生通过她的教育、培养进入大学殿堂。

"只要有一口气就要站在讲台上。"

"生命留给我的时间不多了,必须跑得更快,才能跑赢时间,把重要的事情做完。"

这就是他和她生命中的誓言,朴实有力。

他(她)们像蜡烛,点亮着人间的希望。

生命中的坚强令人赞叹,生命中的柔软同样带来人间温暖。

我隔壁的一位邻居，酷爱养花，她在居住的一楼的把角处，开垦出不大的园地，经常看见她忙着侍弄花草。

她说，我这儿的花草很多是捡来的，别人养不活了，嫌弃了，扔掉了，我捡回来种在我的地里，虽然都是花草植物，但一样是生命，只要勤加料理，被抛弃的生命，照样可以重新焕发出活力来，只要你对生命有爱、珍惜。

她指给我看她捡回来的各种植物花草，有月季、绣球、雏菊，园地里的植物叶长得郁郁葱葱，花开得格外娇艳。

"生命都是互相的，我照料了这些花花草草，它们也给了我无穷的乐趣，我就是从心底喜欢。"

聊起花草来，她的脸上有一种洋溢着的喜悦。

这种喜悦何尝不是对生命的敬畏，不是对生命的爱呢。

愿这种对生命的爱，珍藏在每个普通的善良人的心中。

"老吾老以及人之老，幼吾幼以及人之幼。"

生命中不可能都是一帆风顺，艳阳高照，当风雨骤来之时，撑起一把雨伞，为身边人遮风挡雨，何尝不是生命中的一种高贵。

我们只有一个家园。我们只有一次生命，在生命的百花园中，每个生命都值得珍惜，都应该活出一种姿态，一种精彩。

各美其美，美美与共，才是多彩的生命乐章。

夜空下，我常常望向浩瀚星空，想起儿时的心愿。

一年长一岁

七月，火热的夏，充满了生命的喜悦。

大自然的慷慨，使我们常人倍感生命的丰盈，经过春天的萌芽、开花，夏天里的果实一点点地生长，不知不觉间，青涩不再，满世界充溢着的丰收的香甜。

七月，对我来说也很特别，妻子和儿子的生日都在这个月，一个月里，能有两位至亲过生日，既是一种巧合，又是一种幸运，让我们在这个月里，两次感受生命的美好、亲情的珍贵、友情的欢乐。

生日是人生命的伊始，也是人生的驿站，每逢此日，不禁让人停下奔忙的脚步，聆听生命中咚咚心跳的声音。

孩童时，过生日和过节，是心中最盼望的情景。

母亲知道我们孩子心中的这份心思、企盼，提前就会唠叨说，下个月该是谁的生日了，母亲这么一说，过生日的人心里就踏实了，知道母亲不会忘煮生日蛋、做长寿面给他（她）和全家人吃了。

煮生日蛋是很隆重的事，讲究的还会把蛋染成红色的，供"寿星"吃，其他的孩子也会分到一个煮鸡蛋。母亲说，寿星吃，是为寿星补"心"，让寿星心中更有"数"，心智更健全，一年一岁，不能白长。个儿长了，心眼儿也要长，要变得成熟稳重。

家里成员吃了，是为"寿星"咬灾，寿星就可以更健康地成长。

这枚小小的煮鸡蛋，把家人的心和感情紧紧地连在一起，尤其是寿星，一小口一小口地吃着鸡蛋，个中滋味，有心的，会记一辈子。

中午前的两个多小时，母亲就动手做长寿面。

面条是手工擀的，和面、揉面、擀面，和面比平时硬，对此母亲总是不惜力气，虽然比平时擀面用时会长些，但擀面的时间长，面条会更结实，口感上更有嚼头，更好吃。

平时舍不得吃肉，有家人过生日，会买上一斤多肥瘦兼有的，切成肉丝，配菜用西红柿、扁豆最好。

逢上冬日，没有合适的时令蔬菜，就一定要用白菜，而不用萝卜。孩子们更偏爱白菜配上猪肉的味道。

这天，寿星能享受第一个吃面的特权，碗里的肉也会比别人多些。

吃长寿面，这面的味道真好。

母亲总是最后才吃，一身的累却一身的舒心。

现在的生活和过去已不可同日而语。而过生日的内涵依然相通。

妻子和一位好友恰巧同天过生日，于是每次都两家合在一起，再请几位亲朋，这一天对于两家人来说都无比珍贵，相聚在一起，祝福的话语和欢笑声，声声不断。

茫茫人海，相好的朋友在同一天过生日，确是难得的缘分，于是珍惜之情油然而浓烈。

年年有今日，岁岁有今朝。这是朋友过生日时发自内心的愿望。

儿子的生日临近，他提出和家人一起在家做饭庆生。

他说，虽然新冠疫情在北京市区已得到控制，但在家过生日毕竟更安全一些，也更能体现家里人的感情。

吃点什么呢？作为家里的掌勺人，压力自然来了，虽然儿子淡然地说，随便做点啥都行。早点时间下班，菜市场一圈下来，所需材料已备齐。

回家后，一通井井有条地操持，饭菜端上桌子。每道菜里都有操持者的寓意。

清蒸鳜鱼：寓意富贵有余。

锅煎牛排：取其"牛"的吉祥寓意。

白灼鲜虾：取其熟后红色的喜气，红红火火。

水芹豆腐：芹谐音"勤"豆腐谐音"福"，勤劳而至幸福。

清炒四季豆。豆通"逗"，欢乐也。寓意时刻开心有趣。

红椒芦笋：寓意红火顺利。

餐后水果：荔枝、莲子，寓意利子、怜子。母子情深也。

六道菜，家常风格。家人猜出其中的部分寓意，我又做了补充。

一片赞扬与会意声中，本人自然乐在心底。

从妈妈的煮生日蛋、做生日面，到今天我操持的六道生日宴，虽然繁简不同，但此情此景的心意，隔着时空一样的真挚热烈。

天下父母，心意相通。我这家里的生日宴谱，愿与有心人共享、借鉴。

路，向远方

从蹒跚学步起，人就和路有了不解之缘。

路走得多，人的阅历就多，看到的人生风景就丰富。

读万卷书，走万里路，也是完满人生的生动注释。

一路走来，有时鲜花盛开，风景艳丽，有时荆棘遍地，乌云密布。

但只要有希望和远方的激励，坚持勇毅前行，脚下的路终会踏破山重水复，迎来柳暗花明。

鲁迅先生说，世上本无路，走的人多了，就有了路。

路是人走出来的，更是人修出来的。

要想富，先修路。曾是改革开放年代最响亮的口号，路代表着交往的便利，预示着经济的繁荣。

路的修建历经土路、石路、水泥路、柏油路到如今的四通八达的高速公路，连最偏远的村子都有了通向远方的路，只要你愿意，路就在你的脚下。

我曾经探访过古老的路。那是多年以前，我拍系列纪录片《中华文明之光》中的《秦始皇》，专门去寻找寻秦始皇时期修建的秦"直道"。

驱车在高等级的公路上，去寻找历经两千多年遗存下来的路，那条路已废弃不用，成为遗迹，没有专家带着，还真不知道它在历史上曾经起过重要的作用呢。

秦朝统一后，拆除了各诸侯国在各地修筑的关塞堡垒，同时还修筑了以首都咸阳为中心的"驰道"，以及由咸阳直向北延伸、全长约九百千米的"直道"，"直道"相当于秦当时的国防公路，标志着秦的雄心和强盛。

修路不曾停歇。

我高中时的学长学姐就参加过修路。

他们是被推荐入学的，在热火朝天搞建设的年代，学生们不仅在学文化课的同时开荒种田，还参加了南太行山上著名的"挂壁公路"的修建。开山炸石，轮捶打钎，他们的事迹永远留在校史和人们的记忆中。

而作为国家改变教育政策之后全县第一批统一考试入学的幸运儿，我和同伴们的主要任务已是文化课的学习，时代的强音变为"努力学习，为实现四个现代化而奋斗"。

我入学时，学校还位于太行山下的荒滩上，学校的一切都是师生参与建设起来的，校园周围是荒沙河滩，抬眼西望就能看见远处高耸的巍巍太行。

到校的第一天下午，可能到小卖部买东西的人太多的缘故，我要买的写字用的墨水售罄，打听之后，还可以到邻村的文具店买。

从学校到邻村的商店，有一条马路相通，这也是从县城到学校来的必经之路。

这条马路约有三里长，之后的晨练中，我们班集体也经常在这条路上跑步。但买东西的这天，是我到学校后的第一天，思绪和心情都有点像脚下的路，起起伏伏。

那时的我15岁，第一次离开家乡，离开家人。

我就读的是县里最好的中学，后来恢复县"第一中学"的称谓，家里人高兴，初中教我的老师们也特别高兴。这是"文革"后第一次全县恢复统考，能考上的人特别少。

报到的日子，是父亲用自行车驮着我，去规定的地方集合。

路上，父亲用力地蹬着车，嘱咐我不用操心家里的事，既然被全县最好的中学录取，就用点儿心，学出个名堂。

走出来的路，不要再回头走，否则，就灰溜溜，难堪了。

我明白父亲的心思。

但新到一个陌生的环境，面对陌生的老师、同学，又是真正意义上的第一次离家，内心冲击特别大，有种孤零无依的感觉。

这条路静静的，两旁笔直挺拔的白杨，更映衬了那时我的孤单渺小，一步步地行进中，少年时的光影如电影般在脑海里回放，一个声音说，搭一个顺风车，就可以回到父母身边，回到家的温暖庇护之下。

另一个声音在说，这条路，不可回头，只能鼓起勇气，迎接陌生的未来。

三里路，显得好长，一步步走，一路上思想在碰撞，我渐渐平复了驿动的心绪，明白了自己要走的方向。

一周后，不放心的父亲悄然来到我学习的校园，他是特地骑了几十里的自行车来看我，拜访我的老师，了解我在校的情况。

在进校不久的语文竞赛中，我取得了前三名的成绩，得了一个漂亮的表盘上有一只大公鸡的闹钟，母亲尤其高兴，那是看得见的荣誉，看得见的欣喜。

半年后，学校搬回了县城里古色古香的原校址，这下离家更近了，学校的环境更好了。

我回家的次数反而少了。

后来我荣幸地被北大录取，成了县一中恢复高考后第一批考上北大的学生。

父母亲把我送到火车站，左叮咛，右嘱咐，父亲毕竟见过些世面，说从此脚下的路更要靠自己走了。

时光荏苒，时光里容纳了无数走过的路，但太行山下校园旁的那条路在我的心里越发清晰起来，那条路可能早已变得不再是当初的模样，但它在我的心中越发亲切。

希望就在路上,路会引你走向远方。
让我们迈开脚步走起来,风景就在路上!

未名湖情缘

在我的诗集《杯酒敬岁月》中，有两首诗，写到了北大校园里的未名湖，一首是《我的未名情结》，还有一首是《又回未名湖》，可见这蓝莹莹的湖水在我心中的分量。

17岁那年，来到未名湖畔，初次相见，就被它的神韵和美丽惊着了。我的诗这样形容它：

像一颗璀璨的蓝宝，

镶嵌在燕园，

身旁有俊秀的博雅陪伴，

第一次来到你的身边，

还是一位稚气未脱的少年，

震撼于你的美丽，

把你藏在心里面。

北大人把自己引以为傲的校园概括为"一塔湖图"，其中的"湖"指的就是未名湖。"塔"就是湖东面的博雅塔，原本是为解决燕京大学供水用的水塔，但设计者不仅着眼于它的实际使用功能，还特别注意在这美丽的湖边，它的造型元素，密檐式的外观，传递着中国古塔式的特有神韵，相比其他的名塔，博雅在庄重之外，更有几分雅致，和著名学府的气质十二分地般配。

未名湖风景如画，景色撩人。湖面并不大，却具备了湖所有的美的要素。

一座俊秀的小岛坐落湖中，通过一座石桥与北岸相连，小岛既有环绕的小路，曲径通幽，还可沿台阶拾级而上，在岛上的平台俯瞰湖的全貌。

岛的东面有座石船，从岛上用力一跨，即可上船，在船上东望映入眼帘的即是秀丽的博雅塔和古色古香的第一体育馆，到北大来，这是必到的经典打卡地，不在这里留个影，就别说你来过北大。

湖的南岸有绿树成荫的土山，土山之上，有静谧肃穆的斯诺墓，这位写出《红星照耀中国》的著名美国记者，和中国有着深厚的情感，按照遗愿，他的部分骨灰安葬在这里，回到了他生命中刻下深刻印记的未名湖畔；不远处有座钟亭，新年时，北大师生会在这里撞响辞旧迎新的大钟；司徒雷登任燕京大学校长时住过的临湖轩也在钟亭附近，小巧精致，当年斯诺就在临湖轩放映过他在延安拍回来的电影片段，曾兴致勃勃地介绍他访问延安的情景。

环绕湖的北岸坐落着几栋古典风格的办公楼，据说燕京大学时期是男生的宿舍。

湖的西面不远处，是学校的行政中心——校长办公楼。很多外国政府领导人访问北大，往往也在这里发表演讲。

湖的四周美，湖的四季也美。

春天，未名湖花团锦簇；夏天，未名湖青翠欲滴；秋天，未名湖红叶斑斓；冬天，未名湖冰雪覆盖，又成滑冰爱好者的天堂。

未名湖有历史的渊源，它曾是和珅私家花园的一部分，后被燕京大学收购用作校园。这里毗邻圆明园、颐和园，构成了北京西边著名的风景圣地。

关于未名湖的名字还有一段佳话。

未名湖，字面上看，是没命名的湖。

据说，20世纪30年代，钱穆先生到燕京大学任教，见校园里的名字尽是洋文，于是提议重新命名，轮到给这秀美的湖该起个什么名字时，众说纷纭，意见不一。于是钱穆先生提议，索性就叫"未名湖"吧，湖由此而得名。

在这座美丽的校园学习、生活六年，未名湖成了我精神家园的一部分。

一次次来到你的身边，

读书散步

平添些许的浪漫。

春去秋来

我的生命和你身边的树木一样刻上年轮

星移斗转

对你有了更多的眷恋。

未名湖是北大学子的心中最爱。

那时候，北大学习氛围甚浓，学生除了上课，就是到图书馆或教室读书学习，或是进行体育锻炼，俗称"三点一线"。学好本领、强健身体，为党和国家工作四十年，是北大对学生提出的基本要求。而未名湖也是北大学生读书、锻炼的绝佳之处。

由于图书馆和教室座位极其紧张，有时匆忙的身影就是为了抢占一个自习的座位，"抢座"和"占座"成为校园一大风景。

于是未名湖畔，成为一个不用占座的学习园地，从图书馆借出书来，信步走到湖边，有椅子更好，没椅子，湖边的亭子、大石、桥边，随处都可成为学习的地方。

早晨和傍晚，可以在湖边跑步。那时圆明园还是荒凉的遗址，我们一高兴，就从未名湖跑到了圆明园。

当年新影厂拍过几部北大的纪录片，在湖边读外语、看书、锻炼是必拍的镜头，有美丽的未名湖相伴，有清新的空气，有和煦的阳光，这样的情景，怎不在回忆中有一层浪漫的色彩。

李大钊、蔡元培的铜像在我们上学期间先后立了起来，后来立起的还有西班牙著名作家塞万提斯的雕像。

在北大的岁月里，天下兴亡，匹夫有责像空气一样滋养着学子们的情怀。

位卑未敢忘忧国。

于是"风声雨声读书声声声入耳；家事国事天下事事事关心"。

于是喊出了"团结起来，振兴中华"，成为20世纪80年代中华民族的最强音。

于是在三十五周年国庆庆典上打出"小平您好"的标语，表达了全中国人民对这位改革开放总设计师从心底里油然而生的敬意。

那时，我是北大学生队伍里的一员，经过半个多月的集中训练，当天早早地集结在离天安门不远的一条街里，队伍经过天安门城楼时，看到了敬爱的邓小平等党和国家领导人向我们挥手，人群沸腾了，当时并不知道我们方队里举起了"小平您好"的标语。

新影厂的摄影师没有抢拍到这条标语，过了些时候专门到北大补拍了以天空为背景的近景镜头。

在北大的岁月里，大学兼容并包的学术氛围，给学子们提供了最好的学习环境和最活跃的学术空气，大师、大家在校园里、课堂上和学子们分享交流，思想的深邃和作风的朴实给我留下了难忘的印象。

比如龚祥瑞教授那时年事已高，他给我们上课，每次都骑个自行车，车筐里放一个大水壶，他娴熟的车技看得我们这些学生目瞪口呆，由衷佩服；许渊冲教授那时刚刚调入北大，教我们英语精读课，讲起他译的唐诗宋词，滔滔不绝、颇有些自得；厉以宁教授的讲座旁证博引、风趣幽默；李德伦、郑小瑛又给我们敞开了一扇扇音乐的大门……

北大汇集了各地的学子精英，在这里，须懂得"人外有人，天外有天"，于是一颗谦虚包容的心就在这样的氛围里养成。

> 正所谓，三人行，必有我师。
> 见贤思齐，学无止境。
> "挥挥手，
> 到了分别的时间，
> 风轻轻吹皱你的容颜，
> 把我的倒影揉碎，
> 融入泛起涟漪的波面。

挥挥手，不带走一片云彩，是一种潇洒；把自己的倒影融入朝夕相处的湖面，是一种浪漫，也是一种情思。

你在我的生命里占有不可或缺的位置，你塑造了一个全新的我。

曾经走到哪儿都恨不得戴着校徽，那时的我朝气蓬勃，但仍是不成熟的青年。

曾经淡淡地说,好汉不提当年勇,那都是好久前的事了……人才成熟得知道低头内敛。

和未名湖的那份情缘,永远珍藏在心中一角。

这小径,熟悉又陌生,
这湖和塔,在眼前,
又宛如在梦境。
怯怯地问,还好吗?
风摆动着杨柳,
塔蔚然无声。
……
回来了,望望你,
相见就是相离。
让我和你合个影
作为青春和今天的对话。

这是 2008 年回北大时写的诗句,恍然间,仿佛两个我站在了未名湖畔。

生之有涯,思之无涯。

重阳黄花香

金秋时节，又逢重阳。

想起小时候，妈妈跟我们说，重阳是敬老节，也是登山节，你们几个可以去爬山玩。

于是带上些干粮，奔东面的山而去，这座山比较平缓，也不高，是适合孩子们爬的，只是平常时间，荒山小道，没伙伴结伴壮胆，还真不敢去。

小路曲曲弯弯，两旁净是荆棘和酸枣树，酸枣树上零星有些红红的果子，透着诱人的香甜，林子深处或靠近崖边险要的地方，果子会多些，需要胆大心细，正是需要显示胆量和智慧的时刻。一路上偶尔惊起山鸟和斑鸠，抑或是野兔，更是为爬山增加了突如其来的乐趣。

"独在异乡为异客，每逢佳节倍思亲。遥知兄弟登高处，遍插茱萸少一人。"读懂诗的时候，才更懂母亲为何让我们结伴去爬山，才更懂逝去的年华在我们心中的价值。

重阳于青春反而远了，印象中高中忙于考试，大学忙于学习和到处开眼界式的游玩，山倒是爬过，只是不再和重阳产生瓜葛。

工作之后，重阳节又显得重要起来，作为一个退休老同志居多的单位，每到重阳节，都要组织这些退下来的老同志搞些活动，先是爬山野游，在京郊附近选好风景区，租几辆大客车，浩浩荡荡，一路喜气洋洋。

随着岁月流逝，退休同志年纪渐长，出行安全成了问题，于是改为聚餐，因人数众多，每年逢五逢十的老同志被请到食堂举行餐叙活动。

在职的同志这天午餐吃食堂蒸的包子为老同志让路，聚的人高兴，让的人也心甘情愿，谁都有老的时候，尊老敬老形成传统，这也是单位文化建设和谐的重要标志。

新冠疫情之下，这样的活动已停顿三年。

现在中国加速进入老龄化社会，据统计，全国60周岁及以上老年人口2.6亿人，占总人口的18.70%；全国65周岁及以上老年人口1.9亿人，占总人口的13.50%。

20世纪60年代是人口出生高峰期，60年代全国出生人口总数为2.365亿人，正排着队逐年进入银发行列。

老年人这么大个群体，正引起社会各方面的研究关注。一位从中组部退休的老朋友撰写了一本关于康养的书，致力筹拍同名系列电视片，他说老年人要有积极的养老观，有能力的可以继续工作，为社会贡献才智，不能继续工作的，要在家里力所能及地为年轻人减轻负担，让他们为社会更专注地工作。

他的一席话让我如醍醐灌顶，有的人总想着工作一辈子了，退休后就卸下担子，追求轻松，到处游玩享乐，看来这种完全轻松式的养老观还有偏颇的一面。

活到老、学到老、有用到老，应该是当代老年人继续坚守的品质。

做一个有追求的老者，心中依然怀有理想，实现自己怀揣已久的梦。

做一个有尊严的老者，一辈子的教养要显在言行上，社会文明要带头创建，不要让人指责为老不尊、戴上坏人变老了的帽子。

我的一个上海文友说她以前问过一个葡萄酒侍酒师"是不是葡萄酒也是越陈越香"，调酒师说不是的，好的品种越陈越香，不好的，放得时间越久越坏得厉害。

她说感觉人和酒一样，老当益壮的本质是一个好人老去。我们中国文化的核心内省修身实在是很高明的建议。

放下错的执念，立地成佛，顿悟不分年龄。

做一个乐观积极的老者。老骥伏枥，老马识途，让夕阳的红霞给人间更多亮色。

社会关爱老年人，老年人关爱社会，为社会更文明、更进步尽一份力。

"人生易老天难老,岁岁重阳。今又重阳,战地黄花分外香。一年一度秋风劲,不似春光。胜似春光,寥廓江天万里霜。"

伟人的豪情,今天读来依然铿锵有力。

平凡之光

伟大自带有光，甚至光芒万丈，就如同晴空里的太阳，抑或夜晚里高悬的明月，令人禁不住地赞叹。

平凡也会有光。虽然不那么耀眼。少儿时，萤火虫飞过，引起小伙伴们竞相追逐，空起手心，仔细地将其俘获，其尾部的荧光虽微弱，也足以将童时的夏夜点起流动着的浪漫，至今想起，那情景依然留在心灵一隅，带着温暖。

还亦如很久很久以前，一盏小小的煤油灯，映照着小小的少年，在灯下读书、写字，母亲的期许、老师的夸赞给平凡聪颖的他增添了不少鼓舞和光亮，少年的样子已一去不返，但那微弱的煤油灯光伴着夸赞、期许依然在内心一隅闪烁着。

平凡的人，平凡的景，平凡的事，只要你用心灵去感触，这光就环绕在你我的周围，温暖着周遭的世界，温暖着知觉或不知觉的芸芸众生。

空泛的描述总不及事例鲜活，还是通过新近的小事来说说这平凡之光吧。

车该进行保养了，儿子约好了家附近的一个途虎养车店，预订好换四个轮胎。我的车不是途虎，但儿子经过网上比价，发现这家的报价比较经济。

按约好的时间开车过去，一个年轻的技师接待了我，问清所约内容，仔细检查车的外观，逐项把手续办好，凡我不甚清楚的地方，小技师总是微笑着耐心解答，比如修车保养必须要带车辆行驶证、驾驶证等。

"到了这儿，车钥匙就交给我吧。"

他熟练而又小心地把车开到修理位上，仔细查看轮胎。

"你这个车胎可以只换前两个，后面的如果不跑长途，可以不换。"

预订的是换四个，他经过一番查看，建议少换两个，这倒让我内心有点诧异。这些年无毛病小修，小毛病大修，似乎是维修业的潜规则，而他提出的建议，明显和人们惯常的"看法"有违。

作为受环保概念影响很深的人，他的建议，自是颇得我的赏识。

"那就让预订的人打下电话，退掉两个胎吧。"

电话里，我把技师的建议告诉了儿子，儿子说，去年4S店就建议换两个轮胎，只是当时缺货没换。车已跑六年了，按网上查阅的建议，还是都换掉为好。

安全是开车的第一大事，虽说平时上班就十几公里的路，但偶尔跑趟机场、郊区路还是很远的。

他明白了我们电话沟通的意思。

"那就都换掉吧。跟我来看看要换的轮胎。"

他撕开外包装,指给我看轮胎上的年份、批次号。

这轮胎还真是我这车型号的适用胎,包装上清楚地写着适用的车型。

技师开始忙碌着换胎的准备,拆卸、剥离掉旧的轮胎,他让我看换下来的旧胎上的裂缝,说,是该换了。

轮胎卸完,他发现有两个减震器漏油,说,最好也换一下。我询问价格,他说去网上库房查下,很快告诉了我查询到的结果。

我又电话儿子,儿子说去年也发现了此问题,那就一起换掉吧。

大约需要两个多小时的时间,天有些凉,我决定先打车回家。

"修好前半小时我会通知你的,一切放心……"

"你的电话我已有了,刚才登记时就有了。"

网约车很快来了,司机是一个小伙子,显得干净文雅。

交谈中得知,他刚24岁,两年前和女朋友从山东来京谋求发展。有空时兼职做滴滴司机。

两个人的工作收入都在万元以上,但在北京生活还是压力大,所以做兼职能增加些收入。

一路交谈，小伙子很是热情，对自己在北京的发展充满信心。

　　"我喜欢大北京，这里的机会多，文化氛围好。"

　　"我才 24 岁，试试自己的能力，一切都来得及。"

　　小伙子的阳光、开朗、勤奋又让我看到平凡人身上自带的光芒。

　　晚上八点多，技师打来电话，这是我俩约定的，修好前半小时会通知我。

　　到达养车店，小伙子刚刚忙完，并把车停好，他引我去接待室付费，熟练地操作电脑，打印出账单让我过目。

　　我夸奖他业务娴熟，技师小伙开心地笑了。

　　"还没吃饭吧？"

　　"是的，忙完，这就该下班吃饭了。"

　　技师送我到车前，说，出门的停车费已帮你交了，直接出去就可以了，嘱咐我有事随时可以打他的电话。

　　第二天清早，开车时听到有节奏的声响，以为车有毛病，电话过去，技师小伙子问明情况，说，你查看一下，是否车胎上嵌进去石头子儿了。

　　果然如此，心里佩服技师车辆方面的经验丰富。

　　在我们日常生活中，平凡的人是大多数，如果平常的人都像技师小伙这样处事认真、诚实，时时考虑别人的利益与感受，把平凡的工作做到极致；都像滴滴小伙那样为生活理想勇于追求、开朗乐观,如果我们都尽自己的所能为周遭人排忧解难,为社会运转做到我们各自的最好,那么点点的平凡之光将点亮我们生活,使我们所处的世界更加温暖、更有活力,更充满希望。

生命走廊里的身影

医院的有些走廊关乎生命，可以称之为"生命走廊"。比如，连接产房的走廊，连接手术室的走廊。

让时光倒流，一年年地倒过去，然后定格。

定格在那一刻，那一天我将为人父，在产房外的生命走廊里急切地等待。

和我同时等待的，还有几位也是盼着做父亲的人，我们的心情激动而忐忑。

这种对新生命的等待，底色是喜悦的，这喜悦发自心底。妇产科的氛围因此显得格外的好，虽然也会遇到有难产、有紧急情况需要处理的事情。

此时站在生命走廊里的我，心生无限感慨。

得知将要做人父的那一刻，我的心情立马飞了起来。

"你希望要男孩，还是女孩？"这问带着撒娇、带着试探。

"我喜欢双胞胎，最好是龙凤的，一次满足我们的愿望。"

"想得美！不过真要是双胞胎那多好！"

幸福地遐想。

赶上提倡一对夫妻只生一个娃的时候,要男孩就缺了女孩,要女孩就缺了男孩。

只有双胞胎可以让一个小家庭实现儿女双全的希望。

那时,我梦里都想着,也盼着妻怀的是双胞胎。

娃在悄悄地生长,也在折腾着要当母亲的妻。

恶心、呕吐,孕后产生反应。

我在身后拍着妻的背,希望能减轻她的难受,给她安慰。

生孩子,要女人这么难受……心里时常涌起怜香惜玉的情丝。

妻却满足,要摘胜利果,怎么能不吃点苦?

老话说,酸儿辣女。当妻说,吃饭时想放点醋。

莫非应了老话?心里顿增几分喜悦。

从心里说,想要个男孩。

传宗接代,男孩为先。即使接受过高等教育,传统观念依然顽固地盘桓在心底。

办公室的同事会气功,有一天,他认真地发功,说,是个男孩。

回家赶忙说了同事的气功诊断,心情自是十分欣喜。

日子一天天过去,妻护着隆起的肚子,护着我们的希望。

家里的墙上贴上了漂亮的娃娃图片,图片上那真是个可爱、聪明的孩子,眼睛大大的、明亮有神,浑身肉乎乎的。

据说经常看什么，会影响胎儿的长相。

给肚子里小家伙听音乐，听流行的克莱德曼的钢琴曲。

让孩子健康、美好，是将为人父母的唯一心愿。

胎教的观念是那时候日益兴盛起来的，我们自然积极地践行。

咸米粥是妻那段时间里最爱吃的饭食，把粥做得有营养、好吃是我的责任。

以排骨或瘦肉打底，加上蔬菜、海带丝、放些核桃仁、花生。

妻特别爱吃，老让我做这样的咸米粥。

放两个皮蛋，即成皮蛋瘦肉粥。

多年后，妻还不时念叨着要那样的咸米粥吃。

"小家伙踢我了，小家伙在动。"我摸摸妻的肚皮，试着感受小生命的跳动、时不常和他说说话。

住院前，妻一直坚持上班，坚持饭后进行适量的走路。

"活动活动，生产时会更顺利"。

她说，这是有经验的老大姐说的。

只要对孩子好，她做什么都是那么地乐意。

离预产还有些时间，我从医院回了趟家。等再回到医院，妻已进了产房。

站在生命的走廊上，听护士不时告知新生命诞生的喜讯。不管哪床生了，走廊里都会互相祝贺。

男孩……哇太好了！！！

妻后来告诉我，护士说你听到生的是男孩时，激动得脸都红了。

确实高兴，那种高兴里还包含着激动，就像喝了一大口老酒，猛地刺激了一下，舒服极了。

这是对新生命诞生的喜悦。尽管生的不是双胞胎。

一边是虚弱的妻，一边是刚到这个世界上的新生命。

人生如此神奇而又神圣。

通向产房的生命走廊有阵痛、有焦急、更多的是喜悦。这就是我在那时那刻的真实感受。

手术室外的走廊，同样有一群守护生命的人，天天都有。

今天，我的儿子和儿媳就在这走廊的人群里。等着为他们的母亲即将进行的手术签字确认。

一周前，妻抬手取东西，她说听到一声响，胳膊疼了，怕是骨头出问题了。

让我们看，我们也看不出所以然。

"是不是肿了，比另一个胳膊粗了？"

"别让我们瞎看了。恐怕得让医生去看了。"

急诊，拍片。

医生看到了片子上骨头里的一条裂缝：病理性骨折。

先做了软支具护起来，再进行下一步的诊断。

医生说，最好的方案是做一个骨固定的手术。

儿子和儿媳成了帮妈妈看病的主要帮手。

联系住院，办各种手续。

母子连心。32年间，儿子也成了母亲心里的顶梁柱。

预定要手术的前一天，儿子和儿媳去听医生讲手术方案，讲手术中可能出现的各种意外情况。

这情景，我经历过，医生说的意外，让你心惊胆战，作为家属，对医学又不甚懂，只能硬着头皮签字，并祈愿医生说的坏的情况不会发生。

祈愿一切安好、顺利。

儿子儿媳向我转述他们听到的医生讲的方案和种种底线。

我安慰他们，医生已做了详细的方案。他们会争取最好的结果。

手术的当天还需要签字，儿子和儿媳又站在生命的走廊上，和一群等待手术的家属一样，守护着生命的消息。

需要输血，血型配型遇到困难。

手术是否能进行，取决于输血的工作能否顺利完成。

等待，生命走廊里的等待，只能耐心、祈祷，没有别的办法。

生命的主导权在医院，家属只是配合的角色。

消息传来，血库完成了配血工作，可以进行手术了。

儿媳发来了一张现场的照片，高大的儿子推着他的母亲的病床，就在通往手术室的生命走廊上。

壮实的儿子守护着病床上的虚弱的爱人——他的母亲，这是生命中的爱的守护。

时光轮回，32年前，她躺在产床上，给了他新的生命。

32年后，幼苗长成大树，儿子呵护着母亲，成了母亲生命中的强有力依靠。

儿子儿媳目送他们的母亲进入手术室。

他们在生命的走廊上耐心地陪伴。

不知需要多长时间，不知会遇到什么情况。

唯有心底里虔诚祝愿。

生命就是一段旅行，生命中有彩虹，也有风雨。

风雨中，给你举起伞，遮风挡雨的首先就是亲人之间的爱。

之后还有人与人之间，历经几千年文明形成的人间大爱。

这爱涌动在生命的走廊上，涌动在人的心里，驰而不息。

产房、手术室、急诊室，天天演绎着生命的故事，悲欢离合、酸甜苦辣。

两个多小时后，儿子儿媳发来消息，手术很成功。说母亲已被推出手术室，精神状态良好。

守在家里的我，百感交集，浮想联翩，心底涌起阵阵涟漪。

岁月如江河

岁月如金子般珍贵,我用杯酒敬之。

岁月是什么?岁月如江河。

2500多年前,孔子站在大河边,发出感慨:"逝者如斯夫,不舍昼夜。"

人在岁月面前是短暂、渺小的,百年的光景也不过白驹过隙。

李白这样沉吟:"高堂明镜悲白发,朝如青丝暮成雪"。

伟人毛泽东笔下则是一腔豪情:"天地转,光阴迫,一万年太久,只争朝夕"。

在岁月的江河里,无论四季流转,花开花落,无论风平浪静还是波涛汹涌,都要鼓起人生之帆,奋力前行。

在前行的途中,我捧起江河中的浪花,用文字作红线,用真情作珍珠,穿起一串串岁月中记忆的项链,这就是我喜欢写作的诗歌。

每个人心中都活着唐诗宋词,每个人心中都有诗意,我的心中也有一块属于我的"诗和远方"的净土。

> 文字是个体的,
> 一个个文字的组合
> 有了情感
> 有了思想
> 它从心里荡漾而出
> 就成了诗……

这是我《杯酒敬岁月》诗集里一首诗的片段,也是我对诗歌写作的理解。

多年来,把一个个日子中对心灵触动的瞬间,随手化作文字,像泉水般从心间自然地流出,或写在厚厚的本子上,或在美篇这样的写作软件上,和文友、知音交流共鸣,收获"心有灵犀一点通"的愉悦。

我写的诗不求高深莫测,但求充满烟火的味道。

> 字句中有新的忙碌,
> 还有柴米油盐。
> 用心间的梦想,
> 做诗的底色。
> 从大街上

和密密的车

往来的人写起……

我写的诗中有岁月的四季更迭，这是刻在我们心中的年轮。

比如写春花：

如果向春讨一张名片，

那上面写的一定是花，

花知道自己的使命，

她应时而来，

用怒放的生命，

抒发最灿烂的美丽……

任何文字，

在春花面前都显得苍白，

但你可以有一种心境，

可以在花前驻足……

春来了，

你也要有春的姿势，

春的风景。

比如写秋实：

"一颗颗石榴开始挂红,
就像晕染了
秋天傍晚的一抹霞光。
看着它们从花
长到了饱满的果,
心中也长着欣喜
……
岁月给了它成长,
也给了它成熟,
无论多少人驻足
它总是平静得不悲不喜。

比如写夏收:

小麦黄了,夏天熟了,
一片片的丰收,写在了田野里,
农人的脸上,汗珠子摔成八瓣,
一半是辛苦,一半是安慰,
……
种瓜的摘瓜,种麦的收麦了。

比如写冬藏:

寒风肆虐，你扔掉了多余的华丽，
把生命的力包容在坚硬的枝条里，
深扎在护你养你的泥土里，
你知道它会给你温暖和滋养，
支撑你，让你在寒冷的世界里不再孤寂，
春天不远了，我看见了你生命的勃勃蕴育。

诗中的四季何尝不是人生的四季华章。

我写的诗中有亲情、乡情。小时候在村口迎接在外教书的父亲回家：

小时候，村口等待，
如约出现的不光有父亲，
还有糖果饼干或其他好吃的东西，
在那饥饿的年代，
留存下最温暖最美味的回忆……

写母亲手中的芭蕉扇，那时候的夏夜，母亲手里的扇子就是记忆中的浪漫：

夏日里，

母亲时常带着一把芭蕉扇,
随时挥一挥,
就带来一丝清凉。
依偎在母亲怀里,
听她们唠叨着家长里短。
偶尔飞过一只萤火虫,
引起我和同伴们的追逐……

我写壮美河山。巍峨的太行山,辽阔的河西走廊,古老的黄姚古镇,养育五千年文明的黄河,都在所写的诗中留下了永恒的记忆,比如为黄河写下心中的歌:

我的家乡有一条河,
它的名字叫黄河,
黄河之水九曲扬波,
奔流到海永不停歇,
五千年日月,一辈辈的烟火,
恩恩怨怨离散聚合。
听我歌听我歌,
梦你念你这条河……

写大美的河西走廊:那里有古老的丝绸之路、敦煌壁画、羊皮筏子和兰州拉面：

听，悦耳的驼铃，
在不远处回响，
看，曼妙的飞天，
反弹出怎样的飘飘欲仙，
叹一曲阳关三叠，
揉碎了多少离恨衷肠……
一碗热乎乎的拉面，
蕴藏一方水土的精华，
一只小小的羊皮筏子，
曾载过多少激浪险滩，
当一回河西的汉子，
把高傲的脊梁挺直，
向天地大吼，
河西走廊，我的壮美家园！

我写的诗和着祖国的脉动。

汶川大地震十周年、抗日战争胜利七十周年、国庆七十周年、抗击新冠疫情、建党百周年等我都用诗写下感怀。

比如汶川十年的悲欢：

那无情的雨，

含了多少有情、悲情的泪水，

国旗低垂，那是共和国整体，

对生命的敬畏……

十年了，苦难化作了坚强，

时光垒成了纪念碑，

有的有形，有的无形。

比如写建党百周年鸟巢上空绚丽的烟花：

烟火里，你可曾看见，

一代代人的苦难奋争，

一代代人的热血牺牲，

为梦失去的无数生命，

都在这绚丽中绽出笑容……

继续向前，挺起腰杆，

为东方的巨龙真正醒来……

我写的诗更多的还是聚焦人生、颂扬人间真情、友情，让炽热的诗的情怀化作一坛添加了时光的老酒，在醉美中带给你我真诚的祝福：

酒，还是一样的烈，
但禁不住时光的绵绵柔情，
喝了吧，这种添加了时光的酒，
能让你神采奕奕，
忘了岁月的模样。

对亲人、朋友，心中永远有一份温情：

借一行文字，
送去我的关爱，
千山万水辽阔，
惟愿平安顺遂，
不要说你我多情，
在这多艰的世界上，
情义弥足珍贵。

诗是心情自由的抒发，每构思一首诗，都有一个生发的过程，"诗的构思无声地碰撞，不知道会和谁共鸣，诗人就是这样执着，又漫不经心，在匆匆的流动的世界里，寻找永恒的栖息地"。

岁月如江河，带着诗意泗渡。

有新冠疫情的晚秋

这个秋天

就这样一晃而过

甚至来不及有一次

真正的相拥

尽管心里想着久违的香山红叶

想着颐和园凋零了的荷

想着挂满了彩色的圆明园

想着在碧水拥吻的岸边

自由地走走

看看无忧无虑的天鹅

这都仅是梦想飘过

跌落进心的一角

新冠疫情给慵懒

披上了战袍

在不经意间

变得咄咄逼人

从往日借来些许浪漫

抚慰莫名的忧伤

东边的日出和西边日落

重复着一丝不苟的路径

而这道路与风景

早已烂熟于心

闭着眼睛也不会迷路

晚秋

挂在路边的枝头上

随意地摇曳

春天就开始生长的

一片一片叶子

徘徊在眼前的风景里

温习着久违的歌

一棵不大的柿子树

闯进眼帘

只见

稀疏的果子高挂

等候着飞鸟降临

院子内外随处可见的银杏

倒把满城的风景

幻化出一身好看的秋装

显现出凋零前

最后的华贵

从树下经过

驻足端详

默默感叹

时间蕴含着

令人迷惑的密码

但愿岁月的流逝

冲淡人间愁苦

雾散云开

给心灵来一次按摩

后 记

2022年是农历虎年，是我的本命年。

春节，依然在新冠疫情阴影笼罩下度过。幸运的是，过年地点在海南清水湾。这里有细腻柔软的沙滩、有清澈湛蓝的海水、有明媚的阳光，有洁白的云彩和斑烂的鲜花、养眼的绿叶。

假期的节奏加上舒适的环境，特别适合发发呆、想想事。

每逢佳节倍思亲，人生中的第59个春节，特殊的年龄节点，让我思绪翻飞，童年往事浮上心头，像过电影般栩栩如生。索性让怀旧之情自由流淌，变成一个个凝固的文字，串联起难忘的和亲人在一起的时光，和经历过的岁月的记忆。

每个人都是岁月中的过客，每个人都是集天地之精气的独一无二的自然之子。

每个人的经历不尽相同，但记忆深处都拥有岁月沉积的一座精神富矿。

集合在一起，就是历史，就是时代洪流。

作为20世纪60年代人中的一员是幸运的，"生在新中国，长在红旗下"是我们这代人成长的符号。少年时的生活虽然困顿，但父母养育的恩情和含辛茹苦的辛劳留给我最深刻、最温暖的记忆；高中时恰逢改革开放和恢复高考，我得以幸运地从太行山下的县城中学考入北京大学这一令人羡慕的最高学府。经过六年的学习成长，又经工作分配，在中央新影厂当了十年的纪录电影的编导，之后走上创作管理岗位。三十多年来和同事们用手中的摄影机、摄像机记录国家历史，用一部部纪录电影、电视片反映社会的变迁和中国人奋力实现现代化的艰辛过程。我能亲临时代重大事件的现场，能体验、记载不同的人生，实在是人生之幸事。

岁月有情，就在于有"万类霜天竞自由"的奇妙和生活的多姿多彩。

岁月无情，就在于它如滔滔江水，带着一去不复返的决绝。

但岁月的记忆不会消失，一个偶然的触动，就会引发思绪如潮水一般不可遏制。

在收录进这本散文集中的45篇文章中，有我童年关于过春节的记忆、有求学时可亲可敬的老师、有在北大学习时的愉快充实的时光、有刚参加工作时初出茅庐的青涩和领导同事的呵护，有在几十年工作生活中结下的知心友情，有初为人父时的激动和儿子成长后陪伴母亲做手术的背影，有生活中的柴米油盐和平凡的烟火气，有对劳动者和英雄的赞颂、对人生态度的总结和沉思，有新冠疫情笼罩下的忐忑和普通人的坚韧生活……透过这些文字，我把自己的心扉敞开，似乎和有缘人，手捧一盏清茶，细语时光流转、人生况味。

在人生旅途中，怀有这样几种境界弥足珍贵。

一是"天生我材必有用"，每个人都应当怀有自信心，珍爱自己，让人生丰富出彩，让生活在自信中充满喜悦之情。

生活中难免有困顿和不尽如人意之处，但信心比黄金更重要。怀抱希望，不卑不亢，终能迎来山穷水尽时的柳暗花明。

二是"穷则独善其身，达则兼济天下"，这是一种做人的态度，也是做人的境界。

人穷志不短，没能力之时，把自己的一亩三分地种好，堂堂正正做人；有能力时，就为人类社会多做有益的事情，让世界变得更加和谐美好。

日不过三餐，眠不过七尺，心宽了，物欲就少了，计较之心也少了，人活得更豁达通透，周围的气场更祥和喜悦。

三是"己所不欲，勿施于人"，人和人相处，要学会换位思考，不以善小而不为，不以恶小而为之。

与人交往，怀有"真心"，"有真"才能"识美"，"识美"才能摒弃假恶丑，才能明辨做人的根本，从而珍爱自然中的一花一草，珍爱亲人友人，尊重周围的人。

坚持生活中的这种态度，不仅是做人的美德，也应该是做人的底线。

四是"路漫漫其修远兮，吾将上下而求索"，这是一种为人生理想而奋斗的"恒心"，有恒心就会朝着人生的目标一步步迈进，就不会朝秦暮楚，遇到点儿困难就不知所措。

人生有涯，完善自我无涯。人的成功，不仅是外求，更重要的是内求，把自己锻造成自己喜欢的样子。

大鹏展翅九万里，飞到绝顶之上，领略一览众山小的苍茫壮美。

天人合一，自由自在，岂不美哉！

今年的本命年格外充实，四月里，带着墨香的诗集《杯酒敬岁月》不仅让我多年散写的诗稿得以以书的形式呈现，而且从内容到设计装帧都透着专业的品质。

一书在手，一份美在手，被认可的喜悦充满心头。

初冬时节，散文集《一盏清茗品岁月》将进入出版前的最后环节，喜悦和感激之情自不待言。

由衷感谢研究出版社，这一年里，数次组织诗集《杯酒敬岁月》的诵读会、研讨会，对作品和作者从专业角度予以鼓励肯定。这极大地激发出了我写作的热情和激情，从而在新冠疫情笼罩的日子里，让生活有了文学之光的温暖。

这部散文集凝聚了责编张琨女士的智慧和心血，她对出版工作的激情和专业素养，让人可敬，也保证了本书出版的品质、品格。

感谢陈光忠先生为我写下热情洋溢的序言，他作为纪录电影界的大咖、前辈，在对纪录电影的热爱中，我们成为心灵相知的朋友。

陈老身居香港，因新冠疫情原因，三年未能回京，但在纪录片的话题上，我们保持着最密切的联系。虽近耄耋之年，他依然保持着青春的思考，青春的热情，实在是值得我辈敬仰和学习的榜样。

前不久，他寄给我一本他自己的专著《萤光集》，我放在案头，时常翻看，收益多多。

张琨说："老先生的文笔了得，而且很有锋芒，关键是他太了解你了，点评都在点子上。"

有陈光忠这样的忘年交朋友，我感到特别庆幸。

感谢赵苹为我整理书稿，她为人诚恳、本分，那份实在，出于为人的真诚。

看见这些文字的应该是我的知心朋友，热心读者，你们给予我的肯定、鼓励温暖了我的人生。祝你们生活美满，时刻都被喜悦祥和围绕。

有机会，让我们围炉煮茶，一起品岁月、品人生。

2022年凌冬时节